新潮文庫

渋谷に里帰り

山本幸久著

渋谷に里帰り

1

朝、峰崎稔《みねざきみのる》が出社をすると、課長の椎名《しいな》が待ってましたとばかりに声をかけてきた。

「ちょっと、上」椎名は人さし指を天井にむけた。「いかない？」

彼の言う「上」とは屋上のことだ。稔は背広のポケットに煙草《たばこ》があることを確認してから、「いいですよ」と答えた。

稔の勤める富萬《ふまん》食品は八階建ての雑居ビルのうち、四、五、六階を占有している。社内は全面禁煙だ。喫煙者が煙草を吸う場合、以前は表へでていたが、杉並区が路上禁煙を実施したおかげで、屋上を利用するようになった。

ビル自体大きくないので屋上も広くはない。さらには冷暖房の屋外機が並んでいるので、ひとのいられる場所などほんのわずかだ。真夏の陽射《ひざ》しを避けるために給水塔でできた日陰の下に、稔と椎名は男ふたり寄り添うように立った。そこまでして煙草を吸いたいのかということになるが、まあ、吸いたいのである。

椎名は煙草を口にくわえ、百円ライターをカチカチさせている。なかなか火がつかないのは風が強いせいだ。稔は椎名の前に立ち、風を遮った。

「すまないね」

「おれのもつけてください。ライター、置いてきちゃったんです」

しばらくのあいだ、ふたりは黙って煙草を味わっていた。抜けるような青空に入道雲が浮かんでいる。その光景はうだるような暑さであっても爽快感《そうかいかん》がある。

「おまえさぁ、坂岡《さかおか》女史の相手ってだれだか知ってたぁ?」

坂岡は富萬食品の営業部で唯一《ゆいいつ》の女性である。小柄で線が細く服装は常に地味だ。しかしその外見から想像つきがたいが、営業成績は図抜けて高い。年齢は稔より三つか四つうえ、三十代後半だ。そんな彼女があとひと月足らずで会社をやめる。相手とは結婚相手のことで、つまりは寿《ことぶき》退社だ。

「南方《なんぽう》家族の有馬《ありま》さんですよねえ」

富萬食品は業務用食材の卸問屋である。酒類も扱っており、多岐にわたっていると言えば聞こえはいいが、要するに節操がない。居酒屋やレストランが主な取引先で、南方家族はいちばんのお得意様の大手居酒屋チェーン店だ。有馬はそこの購買仕入れマネージャーで、ふたりは仕事が縁で結ばれたわけである。

「なんだ、知ってたんだ。だれからきいたの？」

「だれからってことはないですよ。なんかいつの間にか耳に入っていました。社内で知らないひと、もういないんじゃないですか」

「だったら、おまえ、気づいてる？」

「なにをです？」

「坂岡女史、これよ、これ」椎名は自分のでている腹をさらに大きくするジェスチャーをしてみせた。

「それって、妊娠ってことですか」

「そうそう」

坂岡のおめでたを喜んでいるはずはないが、くわえ煙草で椎名はうれしそうにうなずいた。

「坂岡さん本人からきいたのですか？」

「ちがうちがう」椎名は首をふった。「おれ、そういうの敏感なの。結婚の話がでる前から様子がおかしいなぁと思って、さりげなく注意深く見てたんだけどさ」

さりげなく注意深くとは、ずいぶん難しいことができるものだ。

「腰のこのへんの、スカートの皺《しわ》のより具合が以前とちがってるんだよね。お腹《なか》がではじめた証拠」

「ほんとですか？」

坂岡が妊娠していてもかまわない。問題は椎名がそれをスカートの皺のより具合で見抜いたという点だ。どうもにわかには信じがたい。

「ぜぇえったい、まちがいないって。三ヶ月か、四ヶ月だね。有馬のオッサン御年五十でやるよなあ」椎名はひひひと笑った。「坂岡と有馬のオッサンが仕事の合間をぬって、円山町あたりで乳くりあっていたことを想像すると感慨深いものがあるね」

「感慨深いですか」

「人生いろいろって思うもん」そこで椎名は二本目の煙草をくわえ、火をつけた。今度はうまいことといった。

「でね。それがらみでおまえに話があって」

なんだ、本題があったのか。稔は少しだけ身構えた。でもそれがらみって、どれがらみだ？

「坂岡女史のあとをおまえに引き継いでほしいの」

「おれがですか」稔は面喰らった。考えてもいなかったことだ。「ちょっと待ってくださいよ。坂岡さんの仕事って、一課ってことですよね。なんでそれをおれが」

営業部は二つの課に分かれている。それぞれ課長を含め八人ずつ、一課が二十三区、二課がそれ以外のエリアをカバーするというごくシンプルな分け方だ。

「だからおまえ、来月、一課へ異動」

「い、異動？」

「今日は八月の第二週の木曜だから、きみはあと三週間でおれの部下じゃなくなっちゃうの。寂しいなあ」

ちっとも寂しそうではない。

「坂岡さんの仕事、一課の人間で振り分けたりできないんですか？」と一応、稔は抵抗を試みた。

「おまえ、となりにいてわかんないの？　一課ってけっこうみんな忙しいんだよ。坂岡女史は渋谷エリア担当で、取引先の数もひとの倍はあるし、それを残りのメンバーで振り分けるととんでもない負担になる。翻《ひるがえ》って、二課でおまえがいなくなったとしても、調布・府中近辺エリア担当のおまえの取引先の数は、残りのメンバーでなんなくフォローできちゃうんだよね。二課にはおまえより仕事できるヤツたくさんいるよ。

おまえ以外全員。おれとしては彼らを一課には渡したくない。あ、いけね。ほんとのこと、言っちゃった。傷ついた？　ねえ、傷ついた？」

　傷つきはしないが、愉快ではない。

「それに小野寺は前々からおまえのことがほしかったんだって。奇特なヤツだよ」小野寺は一課の課長だ。「駄目な上司の下でせっかくの優秀な人材を台なしにしている、自分が鍛えなおしますとわざわざ人事部に言いにいったんだと。あ、駄目な上司っておれのことだってわかるよね？」

「せっかくの優秀な人材っておれのことですか」

「自分で言うなよ」椎名はまた、ひひひと笑った。「おまえ、国立大卒だもんな。こういうのなんつったっけ。ああ、そうそう。腐っても鯛《たい》。でもさ、腐った鯛は食べられないよな？」

　稔は煙草の煙と深いため息をいっしょに吐いた。

「それはもう決定事項なんですか」

「人事に呼ばれて、本人の意思確認っていうのはあることはあるよ。でもまあ、その場で駄々をこねたとしても、説得されて納得させせられるだけだね」

　もう逃れられないわけだ。

だけど渋谷は避けたい。

渋谷は稔にとって鬼門といっていい場所だった。

「おっ」椎名の視線がとなりのビルへうつった。「いらしたぜ。八時半の女」

正確には八時半ではない。もう九時近かった。

となりのビルも富萬食品のあるビルと同じ八階建てだ。つくりも似ている。だれかがふざけてツインタワーと呼ぶ場合もあるが、オーナーも建設会社もちがうという。偶然似たそうだ。

その屋上に半袖《はんそで》シャツに膝《ひざ》下のショートパンツを穿《は》いた女性が現れた。肩まである長い髪をポニーテールにしばって、読売巨人軍の帽子をかぶっている。そしていつものように木製のバットを持っていた。

「おはようっ」椎名が彼女に声をかけた。ふたつのビルのあいだにそう距離はない。映画やテレビドラマの刑事だったら、なんのためらいもなく跳んでしまうにちがいない。ただし実際には勇気がいるし、成功するかどうかも微妙だ。

「おはようございます」

八時半の女は礼儀正しくお辞儀をした。それからバットを両手に持って構えると、素振りをはじめた。

八時半の女がとなりのビルの屋上に現れたのは、二ヶ月ほど前のことだ。はじめて見たときは何事かと思った。若い女性が一心不乱にバットを振りだしたのだ、驚かないほうがどうかしている。彼女のほうも稔達の存在に気づかないはずはなかった。だがあえて無視するように、ひたすらバットを振りつづけていた。ひどいへっぴり腰で、野球なりソフトボールなりの経験者にはとても思えなかった。それどころか、キレのない、鈍重といっていい、その動きは運動神経が皆無のようだった。見ているうちに椎名と稔は笑いだしそうになるのをこらえた。

五日経《た》っても八時半の女にはなんら成長が見られなかった。見ちゃいらんねえな、と椎名はつぶやくと、お嬢さん、とついに声をかけた。もっと脇《わき》をしめるんだ、脇をこう。

八時半の女は怪訝《けげん》な表情をしたものの、意外にも椎名の指導を素直にきいた。

そうそう。な、峰崎、おまえもなんか言ってやれ。

稔は野球をしない。それでも好きなチームはあるし、テレビで観戦もするので、たしなみ程度には知っている。それに若い女性と話ができるチャンスをみすみす逃がすつもりはない。

顔をあげて。あごはひいて。そうそう。いいカンジですよ。

翌日には椎名が金属バットを持ってきた。昔、近所のガキがつかっていたヤツでさ、と説明した。いま高校生なんだけどよ、サッカー部入っちゃって、つかわなくなっちゃったっていうのをもらってきた。

なにをするかきかずともわかった。八時半の女に手本をしめすためだった。

それから椎名も稔もバッティングフォームの指導に熱中した。彼女もそれに応《こた》え、みるみるうちに上達をした。

「だいぶさまになってきたじゃん、彼女」

「はあ、そうですね」

「バッティングセンターでも誘ってみたらどうだ?」

椎名の予想外の提案に、稔はゲホゲホとむせてしまった。

これまで指導はするものの、八時半の女にプライベートな質問をしたことはなかった。会話はせいぜい時候の挨拶《あいさつ》ぐらいだ。素振りをする理由を訊《たず》ねたりせず、名前すらきいたことはない。それをしてしまうと、彼女がとなりの屋上にもう現れなくなるように思えたからだ。

「おれがですか?」

「そんなに驚かないでよぉ」

「椎名さんが誘ってくださいよ」

「なに言ってんだよ。ふたりでいってこいよ。な？ な？ と言われても困る。

「坂岡女史だって結婚できるんだぜ。おまえもがんばれよ」

「べつにおれ、彼女に対してそういうのは」

「嘘《うそ》言え」椎名は鼻で笑った。「おまえ、彼女のこと、ケータイで撮ってただろ。しかもムービーで」

「あ、あれはですね、フォームの確認のために」

「苦しい言い訳だなあ」

そのとおり。言い訳でございます。

「じゃ、なんでいつまでも保存して、何度も繰り返し見ているの？ ね、ね、なんで？ ね？」

「っていうか、なんでそのこと知ってるんです？」

椎名はそれには答えず、「もっと腰落としてっ」と野球部の監督さながらに声を飛ばした。

「はいっ」八時半の女から溌剌《はつらつ》とした返事が戻ってくる。

「そりゃ知ってるよぉ」椎名はひひひと笑い、「仕事中にケータイを真剣な顔して見ているんだもん。ああ、これは仕事以外のことだなと思ってうしろからのぞきこんだんだ」

それから部署に戻って仕事をしていると、「峰崎っ」と小野寺に呼ばれた。斜め横の席にいる椎名が「ほら、おいでなすった」と小さな声でつぶやいた。

「はあ。いますが」

「いるのはわかっている」小野寺は席から立つと、窓際《まどぎわ》の一角にたてられた仕切りを指さした。「あっちで話そう」

仕切りのむこうには、接客あるいは少人数の打ちあわせ用の小さな丸テーブルがある。稔はおとなしく小野寺のあとをついていった。

「椎名さんからなにかきいているか」

小野寺はでかい。生まれたときからでかかったそうだが、高校大学とアメフトをやっていたおかげで、さらにでかくなったと本人がよく言っている。テーブルをはさんで座るだけで、じゅうぶん威圧的だった。このひとが直属の上司になるのかと考えただけで気持ちがふさぐ。

「異動の件ですか」

「そうだ。正式な辞令は九月だが、今日からでも早速、坂岡くんの仕事を引き継いでいってほしいんだ」

「きょ、今日からですか」

「ああ。そうだ」

快活に答えられてしまった。こっちの都合はきかないのか。

小野寺は立ち上がり、仕切りから顔をだすと、「坂岡くん、もどってきたか」とフロアの隅々に響くほどの声で言った。返事はなかった。

「まだのようですけども」一課のだれかが答えた。

「ボードはどうなってる？」

「なにも書いてありません」

小野寺は舌打ちをした。

坂岡がボードに行き先や帰社予定を書かないのが常であることを、稔も知っていた。それで小野寺としょっちゅう揉《も》めているのをよく目にする。

「まったく。あいつは最後まで規則を守れずじまいか」

独り言にしては大きな声でそう言ってから、部下のひとりを呼びつけ、坂岡のケータイに電話するよう命じた。

小野寺は座り直し、「いくら仕事ができたって、和を乱す人間は駄目だ」と言った。今度は独り言ではない。稔に同意を求めているようだった。しかし返事のしようがなく、「あ、はあ」とうなずくだけにしておいた。

「坂岡くんがくるまでにきいておきたいことはないかね」

小野寺が腕を組み、身を乗りだしてきた。

「はあ、まあ。あるにはあるんですが」

「なんだね。なんでも言い給《たま》え」

「異動の際、人事に呼ばれて、本人の意思確認があるってききましたが」

小野寺の表情が険しくなった。

なんだよ、なんでも言い給えって言ったくせに。

「いやなのか、わたしの下で働くのは」

いやなことはいやだが、それだけが理由ではない。もっとおおきな理由がある。渋谷がいやなのだ。でもそれはごく私的な理由だ。

「そういうことではないんですが。坂岡さんの仕事を引き継ぐのがおれでいいのかなあと」

「どういう意味だ」小野寺は身を乗りだしたままで、さらに顔を前にだしてきた。稔は身をひいてしまう。

「渋谷エリアって、会社にとって重要なエリアですよね。それをおれに任すというのは会社的にまずくありませんか」

「荷が重いというのか」

「はあ、まあ」

「わかる。わかるぞ」小野寺は自分に言い聞かせるように何度か繰り返した。「わかる。わたしにはきみの気持ちがよぉくわかる」

な、なんだなんだ。

「十年前にホープとして入社しながらも、上司に恵まれず、なかなか自分の力を活《い》かせずにいたきみの燻《くすぶ》ったその気持ち」

別段、燻ってはいないんだが。

「わたしにも経験があるのでとてもよくわかるんだ。だがな、峰崎。拗《す》ねたり、いじけたりしては駄目だ。それでは自分に負けることになる」

「はあ」

「そういった意味では今回の異動はきみにとって大チャンスだ。このチャンスを活かすも殺すもきみ次第だぞ。上司となるわたしとしてはぜひとも活かしてもらいたい。そして、峰崎」小野寺は稔を正面から見すえた。からだもでかいが目もでかい。しかも瞬《まばた》きをしないのが怖い。「わたしは、きみなら必ずできると信じている」

信じないでくれ。そう叫んで逃げだしたくなった。

小野寺は視線を外そうとしなかった。困ったなあ。するとそのとき、彼の肩越しに知っているひとが見えた。となりのビルの同じフロアに八時半の女がいたのだ。コピー機の前に立っていた。格好は朝とちがう。白の長袖シャツに紺のスカートである。ごくふつうのOLさんだ。彼女も稔に気づき、バットを構えるふりをした。

「どうかしたか」

ふりむこうとする小野寺を引き止めようと、稔は思わず「がんばりますっ」と言ってしまった。

「あん？」

八時半の女は椎名がしゃれで教えたイチローのフォームのまねをしていた。

「がんばりますのでよろしくお願いします」

「やる気、でてきたか」小野寺は稔の両肩をばんばん叩《たた》いた。痛いっつうの。「期待しているぞ。きみはな、やればできる子なんだ。国立大でてるんだ。莫迦《ばか》ではない」

それから小野寺は、くんくん、と鼻を鳴らしだした。

「きみ、いまどこかで煙草を吸ってきたか」

「ああ、ちょっと」

「峰崎。喫煙というのは、ニコチン依存症と関連疾患からなる喫煙病という立派な病気なんだ」

仕切りのむこうでだれかが咳《せき》払いをした。椎名のようだがさだかではない。

「患者、つまりは喫煙者のことだけどね。積極的禁煙治療が必要なんだよ。なに、難しいことではない。吸いたくなったときには衝動がおさまるまで数を数えればいい」

「どのくらいですか？」

「ん？」

「どのくらい数えればいいんですか？」

茶化したのではない。実際に知りたかっただけだ。

「それはだ」小野寺の目が宙を泳いだ。「吸いたくなくなるまでだ」

「眠れないときに羊を数えるようなものですか」

「そうだ」

そうなのか？

「それからこれがいちばん大切なんだが」

「はあ」

「喫煙者に近づかないことだ」

悪い子とは遊んじゃいけませんってことか。

より激しい咳払いが聞こえてきた。やはり椎名のようである。

「ともかく坂岡くんが戻ってこんことには話が前に進まない。ひとまず待っていてくれ」

「はあ」

「もっと覇気のある返事はできないのか。はあ、じゃなくて、はい、だ。はい」

「はい」

「そうだ。そうやってな、小さなことからできるようにしていくんだ」

返事ができただけでほめられるとは。

おれは三十二だぞ。

稔はひどく惨《みじ》めな気分になった。小野寺の肩越しにはもう八時半の女はいなかった。

「おい、坂岡くんと連絡とれたかぁ」

小野寺は立ちあがることなく叫ぶ。

「いまとれましたぁ。夕方四時過ぎには戻ってくるそうですぅ」

「峰崎。きみは四時、会社にいるか」

「はあ、まあ」返事がもとに戻っていたが、叱《しか》られはしなかった。

「必ず四時に帰社するよう伝えてくれっ」

仕切りのむこうで「四時はぜったいですか」と確認する声がする。「坂岡さんが五時にしてくれっていってますけどぉ」

もう我慢できないというように、小野寺は立ち上がり、「ケータイよこせ」と手をさしだした。

だったらはじめから自分で電話すればいいのに。

「もしもし。坂岡くんか。わたしだ」だれのケータイか知らないが、小野寺が渡されたそれには、キノコの形を模したキャラクターがぶらさがっていた。「ああ、そうだ。引き継ぎの件。わかっていてどうしてその時間にどっかいっちまうんだ？　え？　突然の呼びだし？　トラブルか？　ちがうのか？　まあ、いい。五時はだいじょうぶだな。え？　うん。ああ。わかった。それからだな、でかけるときはボードにせめて帰社時間だけは書き込んでいけ。ああ、そうだ」

あれだけ怒っていたくせに、電話口ではずいぶんと温和である。

腫《は》れ物に触るがごとく、というヤツかもしれない。

「よろしく頼むぞ」

小野寺はケータイを切ると、「六時だ」と稔に言った。

「五時じゃないんですか」

「五時でも間に合わないかもしれないと言われたんだ」

小野寺はいらだちを隠しきれずにいた。その証拠に口調が怒気に満ちている。自分が怒られているようで、稔はおもしろくなかった。

おれが悪いんじゃないじゃん。坂岡さんがいけないんじゃん。

という気分になりながらも、「わかりました」とうなずいた。「仕事あるんで、席戻っていいですか」

「あとひとつ。これに関連したことなんだが」小野寺はひとつ咳払いをしてこうつづけた。「坂岡くんの送別会の幹事をだね、きみ、やってくれたまえ」

坂岡は六時をすぎても帰社してこなかった。

「まったくどうなってんだ」小野寺は息巻き、自身のデスクにある電話の受話器をつかんだ。「おい、坂岡くんのケータイの番号、だれか教えてくれ」

部下のひとりが自分のケータイを見つつ、番号を読みあげるそばから、小野寺は電話のプッシュボタンを押していった。

「あ、もしもし。わたしだ。え？　わたしだ、小野寺だ。どちらの？　なにをとぼけている、ふざけるのもいい加減にしろっ」怒鳴ったあと、しばらく間があり、「す、すいません。まちがえました」と詫《わ》びて受話器を叩きつけるように置いた。

「莫迦野郎、まちがった番号を教えるな」

小野寺は顔を真っ赤にして怒っている。まわりの人間は笑いをこらえるので必死だ。椎名など左手を噛《か》んでいた。するとべつのデスクで電話が鳴った。

「はい、富萬食品です。あ、ちょっと待ってください。小野寺課長、一番に坂岡さんです」

いまさっき叩きつけた受話器を小野寺は取り直した。

「もしもし。ああ、そうだ」まちがい電話のときの迫力は微塵《みじん》もない。ひどく抑制した口調になっている。「いまは六時十五分だ。ああ、そうか。それはご苦労様。そういうことであればやむを得ないな。ちょっと待て。いま代わる」小野寺はとなりのシマにいる稔のほうを見た。「峰崎っ。坂岡くんだ」

保留にせずに受話器をさしだしている。やむなく稔は立って、それを受け取った。

「もしもし」

受話器のむこうからは返事はなく、代わりに騒々しい音楽が聞こえてきた。坂岡がどこにいるのかわからないが、その場に流れるＢＧＭにちがいない。

「あ、ごめん。峰崎くん？」

「はあ、そうです」

「今日さ、会社いく暇ないのよ、わたし。申し訳ないけど、こっちきてくれないかな」

待たせたうえ、呼びだしか。

「こっちってどこですか」

「え？」聞き返されてしまった。「ごめん、聞こえない。もう一回、おっきな声で言ってくれない？　ここさぁ、ＢＧＭがうるさくって」

「こっちってどこですかっ」

屋上で八時半の女を指導するときだってこんな大きな声はださない。

「渋谷の『ホットパンツ』。わたしのクライアント。店内にいるからさ。表から入ってきて。きたらオーナー紹介するわ。ついでにここでちょっと打ちあわせしよ。場所はだれかにきいてきてくんないかな？　いい？」

「はあ、まあ」

いやです、とは言えない。

「なに？　聞こえないよ」

「わかりましたっ」

「早くきてね。三十分以内。よろしく」

坂岡は一方的に電話を切ってしまった。待たせたうえに呼びだして、さらには早くこいか。恐れ入る。

しかも渋谷。

稔が受話器を戻すと、「なんだって、坂岡くん」と小野寺が訊《たず》ねてきた。

「渋谷にいるからこいと言われました」

「自分勝手な女だ」いまさら憤慨しないでほしい。「渋谷のどこだ」

「『ホットパンツ』です」

「ホ、『ホットパンツ』？」と反応したのは椎名だ。「おれもいっしょにいこうか？」

2

教室から友達がひとりずつ消えていった、といえば、ミステリーかホラーのようだが、そうではない。

現実に起きたのはこうだ。

稔の卒業した小学校は、元々、渋谷のど真ん中といえる場所にあり、生徒数は少なかった。一学年二クラス、それぞれ二十五人前後ではなかったか。

なおかつ親の都合で転校していく子が多かった。住んでいる土地が大手企業に買われ、郊外へ移り住む例が多かった。稔達の学年は六年のとき、ついに一クラスになった。

そうした中、だれそれが転校するとわかると、その子のところへいき、いかないで、この町に残って、と切々と訴え、泣きながら懇願する女の子がいた。

藤堂くるみ。『藤堂酒店』の娘だ。

そんなことをしたところで、無駄なことだ。結局はみんな転校してしまう。するとくるみちゃんは、今度は一転して、あの子は裏切り者よ、と言いだすのだ。

そのうち、この町にはだれもいなくなってしまうわ。学校だってなくなっちゃう。

そしてまた泣く。

それはどこか狂信的で、先生や教室のみんなを困惑させることもままあった。

稔が両親に、父の実家へ引っ越すと告げられたのは、六年生の夏休みが終わったあとだった。年内にはという親達に、稔は、卒業はしたい、と激しく抵抗した。

結局、十二月末には渋谷の家はひとに引き渡されたものの、近所に三ヶ月だけアパートの一室を借りることとなった。母とふたり暮らしで、父が自分の実家とそこを行き来した。三学期に入ってすぐ、通学途中、住んでいた家が取り壊されているところを目撃し、稔は動揺した。その日の帰宅時には更地になっていた。

つぎの日、酒屋の娘に、峰崎くんのうち、どうしちゃったの、ときかれた。

建て替えるんだ。稔は即座に嘘《うそ》がつけた自分に驚いた。

『ニューミネザキパン』ができるのね。

あ、ああ。

とっても楽しみ。くるみちゃんは早速、友達に『ニューミネザキパン』の情報を流した。

稔は凍りついた。

同級生のほとんどは卒業後も同じ中学へ通うことになっていた。そのときになって、稔がいないことが発覚し、『ニューミネザキパン』も嘘だとわかったら。

いや、どうせそのとき、おれはいない。だからいいんだ、この嘘を三ヶ月だけ貫けば。

卒業式の翌日にはもう父の実家へいっていた。逃げたのである。以来、二十年近く、渋谷は稔の鬼門となった。

大学や就職してからの呑《の》み会で、渋谷が指定されると、パスをしてきた。電車に乗っている最中、渋谷をかすったり、通ったりすることはあった。だが降りて歩くことはなかった。

社会人になってから二年つきあった彼女にだけ話をしたことがある。

小学校のときのこと、いまだに引きずってるってこと？

げらげら笑われた。

渋谷を歩いていて、知っているひとにばったりでくわすかもしれないだろ。それが怖いんだ。

真顔で言ったら、さらに笑われた。

だれもおぼえちゃいないってぇ。ばっかねえ。

彼女は稔を無理矢理、渋谷へ連れていこうとした。それで大喧嘩《げんか》になったこともある。別れた理由はべつだが。

そんな鬼門へこうもあっさり足を踏みいれることになるとは。

山手線を降りて、ハチ公口をでると、スクランブル交差点だ。あまりのひとの多さに稔は圧倒された。

ほぼ二十年ぶりに目の当《ま》たり《あ》にしたその光景に懐《なつ》かしみを感じはしなかった。テレビや映画などでよく目にするせいか。それとも以前とはあまりにも変わり果ててしまったからだろうか。

信号待ちのあいだ、目の前にあるビルの巨大なモニターを見るとはなしに見てしまう。常に最新の音楽、最新の映画、最新の商品、最新のニュース、最新のエトセトラが垂れ流されつづけているようだ。

右手に『三千里薬品』があるのに気づく。建物こそ変わっているが、場所は同じはずだ。

おれ、こういうの得意なんだよねえ、と椎名が渋谷駅から『ホットパンツ』までの道のりをさらさら書いてくれた。この上司はときどき思わぬ特技を見せるので侮《あな》れない。道玄坂いくより文化村通りをいったほうが近いよ。

信号が青になった。ひとびとが一斉に歩きだす。立ちどまってはいられない。前方の『渋谷西村』へむかって足早に歩いた。左手に『マルナン』を見つけた。まだあったのか。

１０９を通りすぎたあたりから急ぎ足になる。もう六時四十分だ。

青地に白で大きく「１」と書いてあるビルがある。昔、ここはデパートだったように思うが、その名前までは思いだせない。

東急本店が見えてきた。ここがＢｕｎｋａｍｕｒａか。稔が渋谷をでていく頃にはまだ建設中だった。

円山町に入ってしばらくいくと映画のポスターが飾られたビルがあった。駅からだいぶ遠いこんなところまで、わざわざ映画を観《み》にくるひとがいるのかとよけいなことを思う。

渋谷に住んでいた頃にはここへ足を踏みいれたことはなかった。用がないのはむろんそうだが、先生や親に禁止されていたのだ。

渋谷は子供を育てる環境じゃないわ。

母が不満を洩《も》らしていたのを幾度もきいたことがある。そのくせ、渋谷でどこか新しい店ができると、稔を連れていそいそとでかけたものだ。Ｂｕｎｋａｍｕｒａができていれば、母といった可能性はじゅうぶんある。

「いらっしゃいませぇぇ」

出迎えてくれた女の子達を見て稔はのけぞった。

椎名からきいていたが、これほどとは。

これほどとは彼女達の胸の大きさである。

しかも全員一サイズ小さいのではないかと思えるTシャツを着て、はち切れそうだった。下は店の名のとおりホットパンツで太腿《ふともも》を丸だしにしている。

「ただいま生憎《あいにく》満席でございまして、おひとり様でも二時間から三時間お待ちいただくことになりますが」

女の子のひとりにそう告げられた。インカムをつけた彼女はややしゃがみ、稔を上目遣いで見る。ちょっと視線を落とせば、胸の谷間が見えそうだった。

「待ち合わせなんですが」

「お名前をおっしゃっていただければ、店内アナウンスをいたしますが」

「ああ、あの、女性がひとりでいませんか？」

名前を言うよりもそう言ったほうが早くみつかりそうだ。女の子はにこやかに微笑《ほほえ》みながらインカムにむかって「女性のおひとり様いらっしゃいますか？」と言った。

レジ脇から出入り口まで十脚ほど椅子《いす》が並べられており、順番待ちのひとでですべて埋まっている。入ってくるとき、外にも長蛇の列ができていた。全員が男性だ。ふつうのサラリーマンもいれば、オタク風もいるし、髪を染めたアンチャンもいる。囲碁か将棋をしているほうが似合いそうなジイ様達も連れだっていた。冥土《めいど》のみやげと言って、笑っているのを稔は耳にした。

「了解しました。お客様、お待ち合わせの方は富萬食品の坂岡様で?」

「ああ、そうです」

「ご案内します」

稔は彼女について店内へ入っていった。

地下一階が入り口でさらに階段をくだっていく。店が想像以上に広いのにまず驚いた。二百はくだらない席はほんとうにすべて埋まっていた。

大音量のBGMが鳴り響いている。それに負けじと各テーブルが盛り上がっている。『ホットパンツ』は円山町にあるが風俗店ではない。お好み焼き屋だ。ピチピチのTシャツとホットパンツは女の子達の制服である。彼女達はただの店員で、まちがってもとなりに座ったりはしない。客との会話はオーダー程度だ。それでも世の男性達はここへ集《つど》う。

社内でも担当の坂岡から割引券をもらってきたひとがけっこういる。椎名もそのうちのひとりだ。

あれこそ男の夢の世界だね。おれは一生あそこにいてもいい。

以前、屋上で煙草《たばこ》を吸いながら、椎名がそう言っていたのを思いだす。

まさに夢の世界だ。少なくとも今夜、夢に見そうだ。

さきをゆく女の子は店内を抜け、ふたたび階段をあがっていった。どこへいくのか訊ねたいが、耳をつんざくBGMがそれを不可能にした。

「こちらです」

階段を上りきったところにわずかな空間があり、そのさきに観音開きの重厚そうな扉があった。しかしそれはとんだ見かけ倒しで、女の子がいともたやすく開けてくれた。

中をのぞいて、稔はぞっとした。すべてがピンク色だったのだ。目がちかちかする。

「ここは」

「VIPルームでございます」

お好み焼き屋のVIPルーム。やれやれ。

いくつか席はあったがそう数はなく、だれもいない。いや、ただひとりいちばん角の席に坂岡はいた。半円形の大きなソファに所在なげに座っている。服装はいつもながら地味だ。店でいかがわしいことがおこなわれていないかと、監査にきたどこだかの役人のようだ。稔を見ると、右手を軽くあげた。「十分遅刻」

「すいません」とあやまりながらも、阿佐ヶ谷からここまで三十分では無理だと不満に思う。

坂岡のところへいくまでにけっこうな距離を歩かねばならなかった。富萬食品のワンフロアと同じか、それよりやや広いかも。

「悪かったわね、呼びだしたりして」悪いという意識はあるようだ。「今日の打ちあわせ、忘れていたんじゃないのよ。会社をやめる話をすると、どこのクライアントにも引き止められてさ、結果、あっちこっちで長居する羽目になって。今日は七件まわるつもりでいたのが、ここでまだ五件目なんだ」

坂岡の物言いには、そこはかとなく自慢が含まれているように思えた。

「はあ」

「突っ立ってないで、座れば？」

坂岡と二人分ほどあいだをとり、ソファに座った。案外、座り心地が悪い。

「なにかお呑みになりますか？」

案内してくれた女の子が前屈《まえかが》みで訊ねてきた。どうしたって視線は胸の谷間へいく。顔をそらせば、今度は太腿《ふともも》が目に入ってしまう。今度、椎名からさりげなく注意深く見る方法を教わろう。

「はあ、まあ。じゃ、烏龍《ウーロン》茶を」

女の子がインカムにＶＩＰルームへ烏龍茶一つお願いします、と告げ、失礼します、と去っていった。

「好き？」坂岡がぼそりと言った。

「は？　なにがですか」

「デカチチ」

カクテルか南洋の果物の名前ではないのはわかる。

「いや、それほどでも」

「だけどいま見てたよね」

「自然と目に入っただけですよ」

坂岡はうなずきながらも「あんまりうまい言い訳じゃないね」と言った。

また言い訳下手を指摘されてしまった。

「それにしてもこの部屋、落ち着かないよね。趣味悪いし」

「はあ」

「一般の席いたんだけど、BGMがうるさいってオーナーに言ったら、ここ通されちゃったのよ」

「はあ」

「ついさっきまでオーナー、ここにいたんだけどね、ちょっと事務所いってくるっていなくなっちゃったの。すぐ戻ってくるはず」

「はあ」

「はあ。はあ。はあ」坂岡は稔の返事を真似《まね》た。「どうすればそんだけやる気のない返事ができるの？」

覇気がないとかやる気がないとか、今日は言われ放題だ。

烏龍茶はさきほどとはべつの女の子が運んできた。今度は胸と腿に目がいかないよう、努力した。

「峰崎くんは入社して何年？」

「今年で十年になります」

「十年？」そんなに驚かなくても。「はじめから営業じゃなかったわよね」

「最初は物流部にいました。営業にうつったのは五年前です」

「五年もいたっけ？」冗談ではなく本気のようだ。課はちがえども同じ部だ。しかも背中あわせに座っているというのにそれはないのでは。さらにはこうだ。「じゃあ、もう三十こえているの？」

「今年で三十二です」

「とてもそうは見えないわね。もっと若いかと思ってた」

「それはどうも」

「ほめてないわ。男が三十過ぎて歳《とし》より若く見られたときは恥だと思いなさい」

ずいぶんきつい言い様だ。「はあ」

「峰崎くんはどうしてうちの会社、入ったの？」

なんだか詰問《きつもん》調になっている。

「どうしてって言われても」

ファミレスでバイトをしているうちに、「食」を通じて他人とコミュニケーションをとることの面白さを知りました云々《うんぬん》かんぬん。

十年前の面接での答えを言う気にはならないし、坂岡もそれを望んでいないだろう。

「思いだした」坂岡がぽんと自分の膝《ひざ》を打った。「峰崎くんって大学、国立だったのよね」

その話ですか。稔としてはいちばん触れてほしくないところだ。

「トーダイじゃないよね」

「ガクゲイダイです」自供するときってこんな気分かなと思いつつ、稔は答えた。学部も言った。

「国立大いって、教育を勉強して、どうして食品卸の会社に勤めているの?」

十年前、両親にも同じことを言われた。

「ねえ、どうしてさ」

坂岡はなおも訊《たず》ねてくる。こうなるとなにか言わねばなるまい。

「人生いろいろってヤツです」

「なにそれ?」坂岡にあきれられてしまった。言わなければよかったと反省したがもう遅い。「冗談にしちゃあ寒いし、本気で言ってたら莫迦《ばか》よ」

どちらにしても駄目ですか。

やむなく稔ははっきり言うことにした。

「おれが就職活動していた当時って、大卒の就職率は七十パーセントを切っていたんですよ。もしかしたら六十五パーセントぐらいだったかもしれません。いわゆる就職氷河期で」そのうえ大学の成績は最悪だった、という点は割愛した。「正直、就職できればどこでもよかったんですよ。いわゆる失われた十年の犠牲者です」

「犠牲者？　きみが？」坂岡は眉間《みけん》にしわを寄せた。「それって被害者意識強すぎない？　じゃあ、なに？　食品卸の営業なんて仕事は自分むきではない、もっと自分にあった職業に就きたかった、だけど就職氷河期でしかたなくこの仕事をしている、それは世間のせいだって言うんだ？　きみ自身は悪くないとおっしゃる？」

稔はなにか言い返そうとしたが、なにも思いつかなかった。

「お待たせして申し訳ない」

ＶＩＰルームに男が入ってきた。真っ黒に陽焼けした彼は、ピンクのシャツにピンクの背広にピンクのパンツにピンクの靴だ。彼が『ホットパンツ』のオーナーだった。

坂岡は峰崎を紹介した。

「ああ、どうもよろしく」

オーナーが差しだす名刺の色もピンクだった。

「いやぁ、でもほんとにやめちゃうのかい、チアキちゃん」

「結婚するんだって？」

チアキちゃん？

「ええ、そうですが。わたし、言いましたっけ？」

「相手、南方家族の有馬部長なんだってね」

「よくご存知で」坂岡の表情が少しだけ硬くなった。

「なんでも知ってるよぉ。ぼくのネットワークすごいんだからぁ。もうね、業界震撼《しんかん》だよ。たとえばこれがだよ、まあ、チアキちゃんと同年代の男だったら、しかたがないって諦《あきら》めもつくけどさぁ。有馬さんだろ？　あのひと、いくつ？」

「今年五十になります」

「五十なんてぼくと十二しかちがわないじゃん」このピンクオヤジは三十八ではあるまい。しかし六十二にしては若々しい。「あぁあ、全国三千万のチアキファンのため息と歯ぎしりが聞こえてくるよぉ」

思いだしたぞ。坂岡さんの下の名前だ。坂岡千明《ちあき》。

「職場復帰はしないの？」

「たぶん」

「してよぉ。すればいいじゃないのさぁ。あ、こうしようよ。富萬食品には復帰しなくてもいいからさ、チアキちゃん、自分で食品卸の会社、つくっちゃいなよ。資金だったら無利子無担保で貸すよ。ぼくだけじゃなくて何人か募るよ。ね？　そうしなって」

「それはちょっと」坂岡は苦笑いをしている。「お気持ちだけありがたくうけとっておきます」

「えぇぇぇ。なんでなんでぇ。もぉ。ぼくは本気だよぉ。その気になったらいつでも連絡ちょうだい。ぜったいだよ。ぜったい」

ピンクオヤジはそう言いながら身をよじった。

おれはこのひとを相手に仕事しなければいけないのか。

稔はげんなりした。

「おもしろいオジサンでしょ」

『ホットパンツ』をでてから坂岡がそう言った。むろんいままで話をしていたピンクオヤジのことだ。

「はあ、まあ」

「でも用心してね。平気で二十パーぐらい値切ってくるからね。あそこにだす見積もりははじめから上乗せしておかないと、あとで痛い目にあうから気をつけて」

「あ、はあ」

そんな大事なことを道端でさらりと言わないでほしい。

「そのかわり支払いはきちんとしているわ。それと彼の前では犬の話をしないように」

「きらいなんですか？」

「逆逆。チワワを飼っていてね、溺愛《できあい》してるの。話しだすととまらなくなるわ。最低二時間はその犬の話を聞かされる」

「ぜったい犬の話はしません」

「それと」

「まだあるんですか」

「これ、あげるわ」

店をでるときにオーナーからお土産《みやげ》だと渡されたものだ。『HOTPANTS』とロゴの入った布のトートバッグは、ぱっと見、エコバッグのようだった。中には女の子達が着ていたTシャツとホットパンツが入っている。これを着て、有馬を喜ばせてあげなさい、とピンクオヤジに冷やかされていた。

「おれももらいました」

「二着あってもいいでしょ」

「着ないんですか、坂岡さんは」

すごい顔でにらまれてしまった。べつに着たところを見たいとは言っていない。そんなに怒らないでくれ。

「あ、あの」稔はなだめるように言った。「引き継ぎの打ちあわせをしませんか」

坂岡の顔が柔らかさを取り戻した。

「そうだったわね。峰崎くん、お腹空《なかす》いてる？」

言われてみると空いていた。もう七時をまわっている。

「はあ、まあ」

「わたしの行きつけの店でいいかな。おごってあげるよ」

坂岡は渋谷で十年近く、食材卸の営業をしているのだ。いきつけの店でおごってあげると言われれば、それなりにおいしい店を期待するのは当然だろう。しかしまさか。

「ピタマックのタンドリーチキンをセットで。飲み物は爽健美茶《そうけんびちゃ》。峰崎くんはなににする？　なんでもいいわよ」

マックはないだろ、マックは。

「同じでいいです」

「じゃ、それふたつ」笑顔の店員にむかって坂岡は言った。「飲み物もいっしょでいい？」

「はあ」

セットが二つ載ったトレイは稔が持たされ、そのまま二階へあがった。

店内は想像以上に混んでいた。坂岡が窓際《まどぎわ》に席を見つけ、並んで座った。真後ろでは女子高生らしきグループが、ケータイの写真を見せあいながら、きゃあきゃあ楽しそうに騒いでいる。

「よくくるんですか、ここ」

皮肉に聞こえないよう努力しながら、稔は言った。

「なんか皮肉っぽく聞こえるけど気のせい？」と返す坂岡はピタマックにかぶりついている。努力が足らなかったわけだ。

「マックだったら、円山町からここへくるまで二軒ありましたけど」

いまふたりがいるのは渋谷の交差点間近の『マクドナルド』だ。

「ここがいちばん落ち着くのよ。なんでか知らないけど」

「おれも昔、ここによくきました」

「昔っていつ？」

「二十年前です」

「ん？」ピタマックを口にくわえたまま、坂岡は稔に顔をむけた。どういう意味？と目で言っているのがわかった。

「おれ、小学校卒業まで渋谷で暮らしてたんですよ」

「渋谷のどのへん？　富ヶ谷とか代々木上原？　まさか松濤《しょうとう》？」

稔は住所を言った。

「一等地じゃないの。マンション？」

「一軒家でした」

これにまた坂岡は大仰に驚いた。「峰崎くんってじつはオボッチャヤマ？」

オボッチャマって。

「ちがいますよ。ただのパン屋の息子です」

二階建ての小さな木造住宅で、一階は『ミネザキパン』という十坪ない小さなパン屋だった。父と祖父がふたりで切り盛りしていた。祖父は母の父親で、稔の父の腕を見込み、婿《むこ》養子にした。

「中学からは父の実家へ引っ越しました。いまも両親はそっちで暮らしています」

「なんで引っ越しちゃったの？」

「なんでってそれは親の都合です」

ぜったい渋谷から離れない、といった祖父は昭和のうちに亡《な》くなった。父母が土地を手放したのは祖父の一周忌前後だったか。そして北陸の父の実家へ移り住んだ。

「じゃあ、きみんちは土地売ってけっこういいお金もらったんでしょ」

坂岡になんの悪意もないのはわかる。彼女が事情を知るはずはないのだ。それでも稔はムッとしつつ、「そんなでもないですよ」と短く答えるだけにしておいた。

「じゃ、渋谷は土地勘あるってことね」

「はあ」と答えたものの自信はなかった。

坂岡からは彼女が担当する取引先の店舗および会社の一覧を渡された。A4サイズの四枚綴《つづ》りだ。社名だけではなく住所、電話番号と担当者の名前もあった。これ、坂岡さんがつくったんですか、ときくと、他のだれがつくるのよ、と言われてしまった。

「坂岡さんっていま、何件くらい、つきあいあるんですか」

「二百かな」あっさり答えられ、稔は正直ビビッた。「ただし常時つきあいがあるのは七、八十。その表で社名の前に二重丸してあるのがそう。丸ひとつは月に一度、ご用聞きにいくぐらいで済んで、三角は電話とメールのやりとりだけのとこ」

「バッテンがいくつかありますね」

「この半年でつぶれるって、わたしが予想しているとこ。そこは逆にお金をとりっぱぐれないよう、気をつけたほうがいいわ」

「はあ。これはいただいていいんですか」

「もちろんよ。そのために昨日の夜、プリントアウトしてきたんだから。元データもそのうち渡すわ」

稔は一覧表を何度か見直し、「こりゃたいへんだ」とつぶやいてしまった。

「他人事《ひとごと》みたいに言わないでよ」坂岡の口が尖《とが》った。「峰崎くんにそれを引き継いでやってもらわなきゃならないんだから」

「はあ、まあ」

「ちょっと峰崎くん。しっかりしてよ。ぼうっとしちゃってさ。『ホットパンツ』の女の子の胸の谷間でも思いだしていた？ それとも太腿《ふともも》？」

「あ、いや」

坂岡は座り直し、叱責《しっせき》するがごとく言った。

「きみがさ、失われた十年の犠牲者かどうかは知らないけどさ、しっかりやってくんなきゃ、会社も顧客もみんなこまるんだから。頼むわよ」

「はあ」と答えるものの、まるで自信がない。「明日、総武線の千駄ヶ谷《せんだがや》駅の改札に九時半集合」

もう否《いや》が応《おう》でも渋谷を歩き回らねばならないということか。まさか、こんななし崩しのようなカタチで、二十年近くの歳月を隔てて、渋谷に帰ることになるとは。

「九時半集合だと本社に寄っている時間がないんですけど」

「そんなの時間の無駄。直行して」

となると明日の朝は八時半の女に会えないのか。

「ちょっと返事は？」

「はあ」

国分寺のアパートに帰宅すると、真っ暗な部屋の中で留守録を知らせる電話の赤い灯りだけが点滅していた。ケータイにではなく、この部屋へ電話をかけてくるのはただひとりだ。

稔は点滅するボタンを押した。今日の午後六時三十三分に電話があったことを機械音が教えてくれたあと、案の定、母の声がした。

「いくら遅くなってもいいから電話ちょうだい。お願いしたいことがあるの」

ネクタイをほどいてから、部屋の灯りを点《つ》け、ケータイで時刻をたしかめた。もう十時をまわっている。ふだん、母の就寝は八時だが、電話があるまで起きているにちがいない。

　母は三度目のベルが終わらないうちにでた。

「稔くん?」

　こちらが名を告げる前に言われてしまった。くん付けの呼び方に高校大学と抵抗はしたものの、社会人になってからはあきらめた。

「ああ。なに、お願いごとって?」

「渋谷へいって、お祖父さんのお墓参りをしてきてほしいのよ」

　渋谷がおれを呼んでいる。

　稔はそう思わざるを得なかった。

3

　千駄ヶ谷駅の改札口にはすでに坂岡がいた。いつもどおりの地味さだ。このひと、就職活動のときに買ったリクルートスーツをずっと着てやしないかと疑いたくなる。

「おそいよ、峰崎くん」

「すいません」とあやまったが、九時半ちょうどだった。

「ちょうどじゃん、といま思ったでしょう?」

「あ、いえ」

「現地にはせめて十分前に着くよう、動くべきよ。最近は電車も遅れること多いし、もし車だったらなおさら」

「すいません」とまたあやまってしまう。

「これ、今日まわるところ」透明ファイルに挟んだ地図のコピーを渡された。ところどころに紫の蛍光ペンで印があり、『①』から『⑦』まで数字がうってある。「昨日、いけなかったとこも含めて七件。千駄ヶ谷から渋谷のあいだ三件。そこからちょっと恵比寿《えびす》に足をのばしてそっちのほうで四件」

「坂岡さんって」

「なに?」

「きちんとしてるんですね」

ほめたつもりである。しかし坂岡には怪訝《けげん》な顔をされてしまった。「仕事を効率よくするための当然の下準備よ」

「はあ」

「峰崎くん、こう言っちゃなんだけど」

「はい？」

「学歴詐称《さしょう》とかしてない？」

からかっているのではなく、坂岡は本気のようだった。そのほうが正直辛《つら》い。

「それはないです」

「教育学部って言ってたよね。ふつうはどんなとこに就職するの？」

「だいたいが教師ですが」

「峰崎くんはならなくて正解だね」

「みんなにそう言われます」

と言えば、たいがいのひとは笑ってくれる。しかし坂岡は憐《あわ》れみの視線を投げかけてくるばかりだ。稔はさらに辛くなった。

「とにかくいこうか」

坂岡は手にしていた日傘をさした。

気温はたぶん三十度を軽く超えているだろう。照りつける陽射《ひざ》しはまだ我慢できるものの、空気まで熱いのはたまらない。

坂岡さんはだいじょうぶなのだろうか。

椎名が言うように妊娠しているのであれば、この暑さの中、日傘をさしているとはいえ、千駄ヶ谷から渋谷、さらには恵比寿まで一日中歩く行為はあまりよろしからぬように稔には思えた。

明治通りへむかっている途中、突然、坂岡が立ち止まり、姿勢よくお辞儀をした。なにごとかと思いつつ見ると、そのさきには神社があった。

「気にしないで」頭をあげてから、坂岡は怒ったように言った。

「神社仏閣の前は素通りできない質《たち》なの。どんな小さいんでもね、一礼しちゃうのよ」

「はあ」妙な質だ。「なにかお願い事しているんですか」そう訊《たず》ねながら、やはり子供のことかと稔は思う。

「ただの習慣。子供の頃、わたし、おばあちゃん子でね、彼女仕込みなんだ。さすがにいい加減、やめようと思うんだけど、もう身についちゃってるもんだからさ」

「はあ」

「東京ってさ、神社とかお寺って案外、多いんだよね。渋谷もそう」

「そうですか」

「そうよ。車で移動してるときもする」

「運転しながらですか。危なくありませんか」
「会釈《えしゃく》する程度よ。でもさ、し忘れたりすると気になって、帰りやつぎの日に寄って
あやまったりするの」
それは質というより、もっと根が深いものに思えた。
やがて明治通りにでて、左へ折れた。
「むこう側、渡りませんか?」
「一件目はこっち側よ」
「だけどこっちだと陽射しがモロですし。暑くないですか」
「こんくらいどうってことないって」
口が尖っている。やれやれ。心配しているというのに。
「峰崎くんさ、営業は汗をかいてナンボってとこがあるのよ。とくに夏なんかさ、一
滴も汗かかないでさ、涼しい顔して取引先いっても駄目なんだから。汗だくでいって、
同情引くぐらいがいいの」おれ自身が暑さを避けたいからだと思われたらしい。「汗
だくで店や会社入って、いやあ、今日もあっついですねえ、なんて言えばさ、ビール
もう一ダース必要かな、とか、サワーをもっと準備しないとまずいかもって、顧客は
思うでしょ。そしたら注文の数がいくつか増えるわ」

「そういうもんでしょうかねえ」

「そういうもんよ。さ、いくわよ」


午前中に三件、顧客をまわった。

渋谷と世田谷に五店舗の和食店をもつオーナー、ラーメン屋の主人、フランス料理店のオーナーシェフと相手はさまざまだった。年齢も二十代から五十代とばらばらだ。だがいずれのひとも坂岡が辞める話を切りだすと同じ反応を示した。まず絶句する。軽く笑う。冗談でしょう、とか、嘘《うそ》ばっかりと否定する。坂岡が追い打ちをかけるように、結婚のことを告白する。そこからさきの反応は多少ちがった。和食店のオーナーは辞めないでくれと懇願し、ラーメン屋の主人は、富萬食品はうちの店を潰《つぶ》すつもりか、と稔にむかって怒鳴り、フランス料理店のオーナーシェフは、去り行くチアキ様のために、とシャンソンを唄《うた》いだし、終わったあとめそめそ泣いた。

要するにみんな混乱した。

『ホットパンツ』のオーナーほどではないにしろ、いずれも個性的だ。渋谷という土地柄か、坂岡がそういう人間をひきつけるのかそれはわからない。これを引き継げと？　稔はめまいがしてきた。

フランス料理の店でランチをご馳走《ちそう》になったあと、坂岡と稔は明治通りを渋谷駅方面へ歩いていった。

宮下公園の手前の歩道橋を渡っている最中、「ちょっとごめん」と坂岡が立ち止まる。どこからか電話があったようだ。ケータイを取りだして耳にあてた。

「もしもし。あ、どうも。お世話になります。はい。いえ、だいじょうぶです。どうぞおかまいなく。はい。はい」

取引先からのようだ。なんだか長引きそうだが、煙草《たばこ》を吸うわけにもいかない。渋谷も路上は禁煙だ。

「はいはい」坂岡はケータイを肩とあごではさみ、バッグからシステム手帳をとりだした。器用なものだと稔は感心せずにはいられなかった。「ええとですね。待ってくださいい、いま、メモしますんで」

坂岡は上目遣いで稔を見ると、右手のひとさし指を下にして、ぐるぐる円を描きだした。なにをしているかわからず、稔は「なんですか?」と訊ねた。

「ぐるっとまわって」背中貸して」と坂岡が小声で言った。それでも相手には聞こえたのか、「いえ、こっちの話です」と詫《わ》びている。

稔は言われたとおりにした。坂岡が背中にシステム手帳を置いたのがわかった。

「中腰になって」

机がわりか、おれは。

「はい。どうぞ。トマト缶、三本。味わいチキンコンソメ一リットル五本。磯《いそ》の荒塩一キログラム三袋。乾麺《かんめん》を二十袋。ごめんなさい、乾麺って種類は？　ああ、そうでしたね。はいはい。了解しました。あとそれから」

坂岡の声は案外でかい。通りかかるひとが横目でちらちら見ていくのがわかる。なにも歩道橋の上で立ち止まって仕事をせずともいいのに。五時をすぎて陽射しが弱くなってきてはいるが、蒸していて空気は熱いままだ。

「ちょっとお待ちくださいね」

歩道橋とほぼ同じ高さのところを山手線が走っている。そのむこうに電力館が昔と変わらぬ姿であった。自転車で友達同士できたこともあったし、親につれてきてもらったこともある。小学校の授業でも足を運んだはずだ。しかしあれはなんの授業だったろう。理科か。それとも社会だったか。

「ええ。いま外なんですよ。近くを電車が走ってて。ええ。山手線です。え？　あ、はい、そうです。はい。ええ。ありがとうございます。注文はいつお運びしましょうか？　明日？　ではわたしがいきます。引き継ぐものも連れていきますんで」

引き継ぐもの？　おれのことか。だけど明日は土曜日で休みだぞ。

「こちらこそ。どうぞよろしくお願いします」

電話が終わったらしいので、背中を伸ばそうとすると、「まだよ」と坂岡から鋭い口調で言われてしまった。

やれやれ。彼女はまたどこかへ電話をかけだした。

『タワーレコード』のビルが見えるが、あれは昔からあそこにあったのだろうか。クラスの友達でひとり、他の子がアイドルや、せいぜい「イカ天」にでているバンドに熱中している頃（稔はだれにも言わなかったが森高千里のファンだった）、洋楽を聞いていた子を思いだす。しかも輸入レコードを買っていた。あの頃はまだレコードが主流だった。あいつの名前はなんと言ったっけ。

そうだ、アメさんだ。

勉強はからきし駄目なくせに、英語の歌をくちずさんでいた男の子だ。

アメさんと連れ立って、『タワーレコード』へいったはずだ。理由ははっきりおぼえていない。そうした大型店ではなく、狭い小さな店へもいった。マンションの一室みたいなところへもつれていかれたぞ。アメさんはそこの店員と少しも怖《お》じけず、むしろとても親しげに話をしていたのをよくおぼえている。学校では冴《さ》えないヤツだったが、そこではいきいきとしていた。稔には理解できない横文字をつぎからつぎへと口から吐きだしていた。そのことがなによりも楽しそうだった。

こいつはおれと生きている世界がちがう。ちがいすぎる。

稔はそのとき、そう思った。

「もしもし。営業一課の坂岡です。いま急な注文が入りまして、準備しておいていただけませんか。あ、いいえ。配達はわたしのほうでします。はい。いつものように警備員室へ預けておいてください。え？　明日、大和田さんいらっしゃるんですか？　あ、でしたら事務所の方に。はい。いいですか。ええ、口頭でお願いします。トマト缶、三本。味わいチキンコンソメ一リットル五本。磯の荒塩一キログラム二袋」

「三袋ですよ」稔は訂正した。

「え？　いけない。あ、すいません、磯の荒塩一キログラム三袋です。それとですね」

そのあとはまちがえることなく坂岡は発注をしていた。

「いいわよ、峰崎くん」

稔はようやく背筋を伸ばすことができた。「おれ、明日、出勤ですか」

「聞いてた？」

「聞いてました」背中でしゃべっている声が聞こえないはずがない。

「どうせ休みでもなにも用はないんでしょ」

「はあ、まあ」

じつは母に頼まれて墓参りへいかねばならない。

峰崎家の墓は渋谷にあった。もと住んでいた場所からそう遠くないところだ。両親は一年に一度、盆か祖父の命日に墓参りをかかさずしていた。稔は渋谷をでてから、一度もいったことがない。渋谷は鬼門だからだ。両親が連れていこうとすると、仮病をつかったり、塾の夏期講習だからと逃がれてこれた。大学生になり、東京にでてからもゼミやバイトを理由に断りつづけた。社会人になってからは両親は誘いはするものの、積極的ではなくなった。渋谷へ墓参りにきていても、稔に連絡をすることもなくなっていた。

ところが昨夜の電話はこうだった。

母自身がぎっくり腰をやってしまい、いまは立てもしない状況で、盆の墓参りを断念した。まあ、つぎの命日にでも、と思っていたところ、おとついの夜、母の枕元《まくらもと》に悲しげな顔で祖父が立っていたという。

だからね、稔くん、あなたにお墓参りへいってほしいのよ。そしたらおじいさんもよろこぶわ、きっと。

これが渋谷の担当になる前であれば、断っていただろう。しかし稔は承諾した。祖父はタイミングをはかって現れたのかもしれないとすら思った。

「立川の配送センターに二時集合」

「いまさっき電話してたの、配送センターですか？　物流部じゃなくて」

「いちいち物流部はさんでいたら、時間のロスだもん」

「また宮本さんが営業に乗りこんできますよ」

「ははは」坂岡は女性らしからぬ乾いた笑い声をあげた。「あんとき、いたんだ、峰崎くん」

物流部の宮本部長が、営業に乗りこんできたのは一年ほど前のことだ。彼はえらい剣幕で、坂岡を怒鳴りつけた。

そっちで勝手に発注されちゃあ、数に誤差がでてきて、のちのち問題になるんだよ。おまえさんひとりで仕事してるんじゃないんだ。もっと会社全体のことを考えて仕事したまえ。

これは宮本が正論である。

坂岡は別段、驚くこともなく、はいはいとうなずき殊勝な態度ではいた。ところが、宮本部長が怒鳴っているあいだ、ケータイにでた。

すいません、宮本部長。顧客からのものですから。しかたありませんよね、我が社のモットーはお客様第一ですものね。

「宮本さんはね、ああいうのが好きなのよ」

「ああいうの?」

「ああやって人前でひとを怒鳴りつけることがよ。しかもその部署や課でいちばん仕事のできるヤツをね。そうすれば自分の威厳が保てると思ってるの」

なるほど。宮本は営業へ異動になる前、稔の直属の上司だった。坂岡がいま言ったことはあたっている。しかしそれで威厳が保てていたかどうかは怪しい。まわりにはただの口うるさいオヤジにしか思われていなかった。

「物流部には配送センターからもってくもの、メールで送信しておくから平気よ」

「あと」

「なによ」坂岡の口調が荒くなった。

「配送センターへ口頭で発注していましたけど、それもまずいと思いますよ」

坂岡は「それは」と反論しかけたが、表情を硬くして黙ってしまった。ついさっき荒塩の数をまちがえ、稔に訂正されたのを思いだしたのだから仕方がない。

「配送センターにもメール送って確認してもらうわよ」

「取引先からも発注のメールかファクシミリを送っておいてもらうのもお忘れなく」

坂岡はシステム手帳をしまい、稔をじっと見た。

「なんですか」

「ちょっと残念」

「なにがです？」

「峰崎くんが案外ちゃんとしているからさ。わたし、きみはもっとぼんくらで莫迦《ばか》だと思っていたよ。だてに国立大でてないってことか」

「はあ、まあ」

ぼんくらで莫迦か。手厳しいというレベルではない。軽蔑《けいべつ》していると言っていい。

「言い方がちょっと小姑《こじゅうと》っぽくていやだけど」

なんだよ、小姑っぽいって。

「いつもそういう言い方なの？　それだとカノジョ、いやがらない？」

「カノジョいないからわかりません」

「あ、そうなの？　いないの、カノジョ？」

「はあ、まあ」

「じゃなんで昨日、『ホットパンツ』の制服、二着も持ってったのよ」

そのうちの一着はあんたが無理矢理押しつけたんでしょうが。そういってやろうとしたとき、坂岡はふたたびケータイにでた。

「あ、はい。そうです。ええ。どうも。もうあと二十分はかからずそちらへつきますが」

つぎに訪問する顧客からしい。稔は千駄ヶ谷駅でもらった地図のコピーをたしかめた。『④』としてある店は恵比寿駅近くだった。

「え？　ああ、そうですか。わかりました」

坂岡はケータイをバッグにしまい、「三十分ずらしてくれだって」と言った。「一時間、空いちゃったなあ。どっかで休憩してこっか」

「さぼるんですか」

「リフレッシュよ、リフレッシュ。わたしがいつもいくところでいい？」

「マックはいやですよ」即座に言ってしまった。

「ちがうわよ、あそこ」

坂岡が指さしたのは電力館だった。

中へ入ると坂岡は受付嬢に「どうもぉ」と声をかけた。なんというか、とても気安い。

「おひさしぶりですね」

受付嬢もずいぶんと親しみのある笑顔で応《こた》えた。

「ここんとこ、こっち方面くる機会がなかなかなくてね。彼、わたしの同僚。ほれ、自己紹介自己紹介」

「み、峰崎です」名刺をだすべきなのか。

「あなたはあのカレとまだつきあっているの？」坂岡は受付嬢にむかってぶしつけに言った。「ほら、スペイン坂の『五右衛門《ごえもん》』でばったりあったじゃない」

スペイン坂の『五右衛門』。稔はいたく懐《なつ》かしかった。小学五年か六年の夏休みにクラスの友達数人といったのがはじめてで、それから何度か足を運んだはずだ。

「ああ、はい。まだ」

「そりゃ残念。この男、カノジョ募集中なんだよ。テプコレディでだれかいいのいない？」

なんだ、テプコレディって。

「どんな女性がタイプなんですか？」

屈託なく訊《たず》ねてきた受付嬢に「デカチチだよね」と坂岡が勝手に答えた。

「デ、デカ？」

「ちがうって昨日、言ったでしょう」

「じゃ、どんなのがいいのよ」

まさか電力館の受付で、女性の好みを言う羽目になるとは思ってもみなかった。

素振りをする八時半の女が脳裏に浮かぶ。

「健康であればそれでじゅうぶん」と答えると、坂岡が「きみは嫁不足に悩む農村の若者か」とツッコミをいれてきた。「ま、いいや。テプコレディじゃなくてもいいから、だれかいい子いたら紹介してやって。でね、今日はこの男のカノジョを募りにきたんじゃないんだ。いま、オンヨクあいているかな？」

「きいてみますね」

受付嬢は受話器を手にすると、どこかに連絡をとった。

「なんですか、オンヨクって」稔は坂岡に訊ねた。

「ゲルマニウムタンサンオンヨク」と答えが返ってきたが、余計わからない。「こうさ、バケツみたいな中にお湯が入っててさ、そこからしゅわわって泡がでてるの。そこへ手足をつっこんでおいてね。そうすると汗かいて気持ちいいのよ」

なんとなくイメージはつかめた。オンヨクは温浴だろう。

「ここにそんなのがあるんですか」

「あるからきてるんじゃない。有料だけど他に比べればずっと安いわ」

「お待たせしました」受付嬢が受話器を置いて、にっこり微笑《ほほえ》んだ。「温浴、空《す》いているようですよ。すぐいかれますよね、坂岡さん」

「ええ、よろしく頼むわ」

「あ、あの」

さっさと立ち去ろうとする坂岡を稔は慌《あわ》ててひきとめた。

「なに？」

「おれ、どうしていればいいんです？」

「温浴は女性のみのサービスよ。きみは受けられないわ。そうだったわよね？」と坂岡は受付嬢に確認をとった。

「はい、残念ながら」

「二十分くらいで戻ってくるわよ。そのあいだ、館内を見学でもしていれば？　ピカチュウもやっているし」

「３Ｄの大迫力ですよ。五分後にはじまります。十五分の短編なのでちょうどよろしいのでは」

受付嬢にまですすめられてしまった。しかもけっこう真剣にだ。

そんなにおれはピカチュウ好きに見えるのか。

「いや、あの」

「なんでしょう?」

「煙草《たばこ》、吸えるとこ、ありませんかね?」

残念ながら電力館の中には喫煙できる場所はなかった。

といって、いいおとながひとりピカチュウを観《み》るのもどうなんだ。3Dというのにちょっと心引かれるけども。

坂岡はエレベーターで温浴がある三階へ直行したが、稔は階段をのぼって最上階まで各フロアを見てまわることにした。

三階は温浴やハーブカフェがある女性むけのつくりで、四階もまたオール電化を推進する展示だった。受付でもらったパンフでは料理教室などもあるらしい。

五階から上は子供が楽しめるスペースになっていた。稔もまじって遊びたいしかけなどもあるが、子供達の親の目が気になるので、やめておいた。

それにしても子供だらけである。夏休みの真っ最中なので、当然か。騒々しくかけまわり、母親に怒られている子もいれば、展示物を熱心にみつめ、ノートになにやら書き留めている子もいる。

おれは後者だな、と稔は苦笑する。

ガリベンなんて呼ばれた時期もあった。二十年前の当時だってアナクロなあだ名だった。稔はそう呼ばれるのを、どこかでよろこんでいた。勉強好きと認められることがうれしかったのだ。

結局、展示物などはすべて遠巻きに見て、七階の休憩コーナーへ入った。自販機が何台かとテーブルがいくつかあるだけの簡素な場所だ。意外にもひとはいない。稔はコーヒーを買って椅子《いす》に腰かけた。

しばらくパンフをぼんやりながめていた。一九八四年にオープンと書かれていることに気づく。昔、自転車できていた頃はまだできて間もなかったのか。

そしてまたべつの記憶がよみがえった。

ここにはビデオ編集室のようなものがあったはずだ。

祖父が新しもの好きで、渋谷の家にはビデオカメラがあった。撮影したものを、祖父はここへもってきて編集をしていたように思う。稔はそれに幾度かつきあわされたはずだ。

祖父の撮ったビデオテープはどこへいってしまったのだろう。母にでもきけばわかるだろうか。


恵比寿へは電車でいこう。

そう言ったのは坂岡だった。稔は当然そのつもりだったが、坂岡はちがっていたようだ。

「いつもだったら、さっさか歩いていっちゃうんだけどね。こんな暑くちゃあ、さすがのわたしもギブだよ」

歩くつもりだったのかよ。

山手線の渋谷駅のホームに立つと、すぐさま電車がきた。

「そういえば、あの」乗ってから稔は自分が送別会の幹事になったことを、坂岡に話した。

「だれの送別会だって？」

「坂岡さんのに決まってるじゃないですか」

「マジで？　やんなっちゃうなあ。しなくてけっこうですって言ったのに」

「そ、そうなんですか？」

「先々週の営業会議のおわりにさ。あれ、そんとき、峰崎くん、その場にいなかった？」

営業会議は毎週、月曜日の朝に行われる。「おれ、その日、調布の顧客んとこへ直行していたんででてません」

「ああ、そうなんだ。でね、会議のおわりに、わたしが退社する話をして、それはいいんだけど、ついては送別会の幹事をここで決めようと思うなんて言いだすのよ。ほら、わたし、もともと忘年会とか新年会だって、欠席のことが多いし、でても一時間ぐらいで帰るようにしているでしょ」

でしょ、と言われても。

「だけど、ご自分の送別会ですよ」

「だから余計でたくないの」坂岡は口を尖《とが》らせた。「欠席できないし、途中で帰れないじゃん」

まあ、そうだ。

「だからわたしのためにわざわざ時間を割《さ》く必要はありません、送別会はしなくてけっこうですって言ったのよ。そしたら小野寺さん、こういうのはけじめだからやんなきゃ駄目なんだよって拗《す》ねた子供みたいに言ってさ。まあ、わたしもあんまし歯むかうのもおとなげないなあ、と思ってそのままにしておいたんだ。そのあと、音沙汰《おとさた》ないから、やらずにすむんだとほっとしていたんだけどなぁ。峰崎くんから小野寺課長にはっきり伝えてくんないかな?」

「なにをです?」

「わたしが送別会をしたくないってこと」

「どうしておれが」

「だってきみ、幹事なんでしょ」

「幹事は会を開くためにいるんですよ。断るんだったら、ご自分で断ってくださいよ」

「わたしはこのあいだの会議で、断っているわよ」

どっちを説得するのが早いか、稔は考えた。どっちも難攻不落ってカンジだ。やれやれ。

恵比寿駅を降りたら、『第三の男』のテーマ曲が流れていた。なぜかは稔にはわからなかった。

「こっちよ」手招きする坂岡のあとを追った。「迷子にならないでよ」

なりませんよ、とは言い返せないほどまごまごしてしまった。

恵比寿にきたのはいったい何年ぶりか、見当がつかない。ホームから階段をのぼり、改札口をでて左に折れた。いくつかの店が立ち並ぶ通路を渡り、今度はえらく長いエスカレーターで下った。

「一階にも改札あるんだけどさ。わたし、この長いエスカレーターが好きで、上の改札からわざわざでるんだ」

「はあ」

「峰崎くんはそういうのない？」

「なにがです？」

「些細《ささい》なことだけど、しないではいられなくって、すればほんの少し幸せな気分になれること」

「とくにないですね」

「よく考えなよ」

坂岡は稔を見上げた。もとより彼女は稔より十センチ以上低いが、下りのエスカレーターの前に乗っているせいでさらに低い位置に顔がある。

「やっぱりないです」

突然、坂岡は稔の右腕をつねった。

「痛いですよ」

「イタイデスヨ。なに、その平坦《へいたん》な言い方は。きみはロボットか。ああ、むかつく」

むかつかれても困る。

エスカレーターが終わり、ようやく駅をでることができた。左へ曲がる坂岡のあとをついていく。

山手線と並行して、ずいぶんと急な坂があった。坂岡はそこをのぼっていった。

そのときになって、稔は椎名の言葉を思いだした。

腰のこのへんの、スカートの皺《しわ》のより具合が以前とちがってるんだよね。お腹《なか》がではじめた証拠。三ヶ月か、四ヶ月だね。

「なに?」

坂の途中で立ちどまり、坂岡が顔をのぞきこんできた。

「は?」

「見ていたでしょ、いま」

「え？　な」なにをですか、ととぼけることができなかった。

「わたしのお腹よ」

やはりさりげなく注意深く見る方法を椎名さんに教わらねば。

「幸せ太り」

「は？」

「旦那《だんな》になるひととおいしいもの食べにいくことが多いんで、五キロ太ったのよ。妊娠じゃないわ」

なんだ、そうだったのか。

「煙草おやめになったのは」

「彼が煙草、嫌いだからよ」

「安心しました」稔はつい口にしてしまった。

「安心ってなにがよ」

「い、いえ、あの、身重のからだでこの炎天下歩いていたら、たいへんだろうなあと」

「もしかして峰崎くん」坂岡は大きく目を見開いた。「わたしのこと、心配してくれてる？」

「はあ、まあ」

「意外」

「なにがです？」

「峰崎くんがそういうこと、気ぃつかう人間だとは思ってなかったから」

「はあ、まあ」

「そういうとこ、もっとアピールすればカノジョできると思うよ」

はて、どうだろうか。

恵比寿では午前中の店のように懇願されたり怒られたりシャンソンを唄《うた》われたりはしなかったものの、やはりいずれの顧客も坂岡が会社を辞めることをひどく残念がった。それが心の底からだと、稔にははっきりわかった。

しかも坂岡と顧客の打ちあわせをきいていると、彼女がどれだけ優秀であるか思い知らされる。顧客からの信用の厚さが尋常ではないのだ。

駒沢通り沿いの個人経営のカフェは、メニューの過半数が坂岡の考案だった。さらには秋の新メニューについても意見を求められ、坂岡は、ではこんなのはいかがでしょう、といくつかアイデアをだす。

これはまだ富萬食品の仕事の範疇《はんちゅう》と言えるだろう。メニューを提案すれば、それにあった食材を購入してもらえる。

ところが他の店では、フライヤーをつくりたいのだがどこへ発注するのがいいだろうか、と訊《たず》ねられたり、またべつの店では、店の器を一新したいのだが、いま流行《はや》りはどんなのだろうか、などとまるで専門外のこともきかれていた。ごく当たり前にだ。

それに対して、坂岡は知りませんわかりませんの類《たぐ》いの言葉は発しなかった。うんうん、とうなずき、その場で答えもすれば、来週までの宿題にさせてください、と言う場合もあった。

「今日はこれでおしまい」

最後の店をでると、坂岡は「うぅぅぅん」とうなりながら、大きく背伸びをした。

「思ったより早く終わってよかったよ」時刻は七時前だった。「峰崎くん、会社戻る？」

「はあ、まあ。そのつもりですが」

「悪いんだけど、わたし、直帰させてもらうわ。小野寺課長に言っといて」

「はあ」

「わたし、ちょっとそのへんで買い物してくから。明日は立川の配送センター二時。遅刻はもちろんジャストも駄目だからね。じゃあ、バイバイ」

恵比寿駅のホームで稔は深いため息をついた。

あのひとの引き継ぎなんてぜったい無理だ。顧客は坂岡さんレベルのことを、おれに求めてくるだろう。新メニュー？　フライヤーのつくりかた？　とてもじゃないができやしない。

入社して十年、自分がいま最大のピンチにさらされているように思えた。

おれにとって渋谷はいろんな意味で鬼門だったわけだ。やはり渋谷の担当はできません、と断るべきではないか。その前にだれかに相談したほうがいいかもしれない。

しかしだれに？

ひひひと笑う椎名課長の顔が浮かんだ。

稔はすっかり気が重くなった。

なぜ、おれは小野寺課長にむかって、がんばりますのでよろしくお願いします、など口走ってしまったのか。

いや、理由ははっきりしている。

稔はケータイをだして、データフォルダを開いた。その中からムービーフォルダを選択する。保存してあるムービーはただひとつ、八時半の女のバッティングフォームだ。

このひとのせいだ。

あのとき、小野寺課長の肩越しに彼女を見つけなければ、がんばりますなんて言わなかったはずだ。

稔はムービーをスタートさせた。

帽子のつばに右手で触れ、バットを構える。両足が満足に開けていない。というか内股《うちまた》だ。バットのさきがふらついている。そのまま振り切ったものの、よろよろとからだがよろめき、あやうく尻餅《しりもち》をつきそうになった。

以上、おしまい。時間にしてわずか十五秒だ。

電車はまだこない。稔はもう一度、同じムービーを再生した。

コンビニでおにぎりとサンドイッチを購入し、会社へ戻った。

「おっ、ご苦労ご苦労」席に着こうとすると小野寺が通せんぼのごとく、目の前に立った。「今日一日、坂岡くんといっしょだったんだろ」

「はあ、まあ」

「引き継ぎはうまくいきそうかね？」

「まあ、なんとか」

うまくいくかどうかはわからない。ほんとうは戻ってきて早々に、やはり無理ですと断るつもりでいた。椎名に相談したところでどうにもならないだろうし、ならば小野寺に直接言ったほうが早いと結論をだしていた。

ところがだ。

山手線から総武線に乗り換えて、混んでいる車内でも八時半の女のムービーを繰り返し見ていた。そのあいだに、稔の気持ちに変化が生じた。

といって、無理だと思う気持ちは変わっていない。しかしまるっきりあきらめてしまうのもどうかと思い直したのである。

「そうか。頼もしいな」

小野寺は稔の両肩をばんばん叩《たた》いた。だから痛いんだって。

「きみならぜったいできると信じているよ。で、坂岡くんは?」

「直帰すると言っていました」

「え?」小野寺の眉間《みけん》にしわが寄った。「あ、そうか。なんだ、なんでおれに電話してこないんだ。だいたいだな、顧客の情報が入ったパソコンを家に持って帰るというのは」

ぶつぶつ言いながら小野寺は席に戻っていった。

椎名はいなかった。また屋上か、トイレかもしれない。椎名はちょくちょくトイレへ立つ。大の個室に入って寝るのだ。実際、トイレに入ったとき、稔は彼のいびきを聞いたことがある。

席に着くと、パソコンを立ちあげた。おにぎりのビニールを外し、のりを巻いているると、うしろに人の気配を感じた。ふりむくとそこに庶務の女の子がふたり立っていた。モスグリーンのさえない制服を身にまとっている。どうして我が社はもう少しかわいい子をとらないのだろう。本気でそう思う。彼女達もそう思っているかもな。なんでうちの会社ってマシな男を採用しないのかしらね。

ふたりとも去年か一昨年に入社してきたはずだ。名前はなんといったかな。そうだ、山口と竹田だ。

「おれになにか用？」

「峰崎さん、坂岡さんの送別会の幹事だそうですね」

眼鏡をかけた図書委員みたいな子が言う。こっちが山口だ。

「うん、ああ。そうだけど」

「わたしたちもいっていいですかぁ。送別会」

がっしりとした体格をしたこっちは竹田だ。

「え、ああ」稔は小野寺のほうを見た。電話をしている最中だった。「日時とか場所はまだなんだよ」

「でも坂岡さん、今月でお辞めになるんですよね？　そんな悠長なことでいいんですか」と山口が責めるように言う。

「も、もうすぐだよ」稔の答えにふたりとも不満そうな顔をするばかりだ。やれやれ。

「きみたち、坂岡さんと親交あったの？」

「全然なかったんですけどもぉ」竹田は体格がいいくせして、舌足らずなしゃべり方をする。「あたしたち、坂岡さんのファンなんですぅ」

「ファン？」

「恐れ多くて話しかけることもできませんでした」山口はテレビのコメンテーターのような口調だ。「会社の先輩としてはもちろん、働く女性として尊敬しているんです」

「ふうん」

「うちの会社ってぇ、あからさまに男尊女卑じゃないですかぁ」

竹田がなんのためらいもなく言った。

声がでかいって。ほら、小野寺課長がこっち見てんじゃん。勘弁してよ。

「それはちょっとちがうんじゃないかなぁ」

稔は敢《あ》えて声を大きくして言ってみた。だが竹田はさらにこう言い募った。

「だって、ぜんぜん仕事できないのに、男ばっかえらくなっていくじゃないですかぁ」

この子はわざと声高に言っているのか、それとも天然なのか。

「そうした会社の中で、坂岡さんはわたしたち女性の地位を向上させようとがんばっていらしたんだと思うんです」山口が生真面目《きまじめ》に言う。

はたしてそうだろうか。がんばってはいただろうが、女性の地位向上云々《うんぬん》は納得し難い。だからといって反論する気は稔にはなかった。

「日時と場所、決まったら社内メールで知らせるよ」

「必ずですよぉ」

「よろしくお願いします」

山口と竹田はぺこりとお辞儀をして、そそくさと去っていった。そこへ椎名があらわれ、すれ違いざま「よぉ」とふたりに声をかけた。ところがあっさり無視されていた。

仕事ができずにえらくなった男の代表。彼女達には椎名がそう見えているようだった。

4

立川の配送センターには約束の十分前に着いた。

事務所に入ると、坂岡はすでにいて、パートのオバチャンらしきひとと談笑していた。

「挙式はいつ？」

「十一月です」

「どこでするの？」

「渋谷のホテルで」

坂岡は稔のほうを見た。オバチャンは入り口に背をむけているせいで、稔に気づかず質問を重ねた。

「ウェディングドレスは着るの？」

「この歳《とし》で恥ずかしいんですけど」

「なに言ってんの」オバチャンは坂岡の膝《ひざ》をぱしんと叩いた。「チアキちゃん、三十代でしょ。若いわよぉ。でもよかったわぁ。あなた、仕事熱心だから、結婚どころか男のひとにだって興味ないと思っていたから、あたし、心配してたのよ。ほんと」言葉が途切れた。どうしたのかと思ってみていると、オバチャンの肩が震えていた。

「よかったわぁ」

坂岡がハンカチを渡した。準備していたかのようだ。

「ありがと。ごめんなさいねえ、おめでたい話なのに泣いちゃったりして」

「とんでもない。こちらこそありがとうございます」

「幸せになってちょうだいね」ハンカチで涙を拭《ぬぐ》いながら、オバチャンは言った。

「あなたみたいなひとこそ、幸せになる権利があるんだから」

事務所から荷物を積んで、軽トラックに乗りこむと、さきほどのオバチャンが駆け寄ってきた。

「あ、ちょっと待って」

運転席にいる稔に坂岡は言い、窓を開いた。

「これ」オバチャンがご祝儀《しゅうぎ》袋を差しだした。「さっき泣いちゃったんで、渡すの忘れちゃってた」

「いいんですよ、そんな気ぃつかわなくて」

「ううん」オバチャンは首を横に振った。「ほんとちょっとなのよ、気持ちだから。ね？　受け取って」

「では遠慮なく」

軽トラックをだしてからも、バックミラーにはしばらく手を振るオバチャンがうつっていた。

「どこでも人気ですね」冷やかしではない。稔は本気で驚いていた。

「うらやましい？」

窓はあけっぱなしにしてある。坂岡の長い髪がなびくというより乱れた。

「はあ、まあ」

「ぜんぜんうらやましそうじゃないわね」

「そんなことないですよ。おれには無理ですよ」

「そう難しいことじゃないわ。ひとはだれでも自分の話をしたがるものよ。それに黙って耳を傾けてあげるだけだもの」

なるほど。

「大和田さんってね」

「え？　だれです？」

「いまのパートのオバチャンよ」

「ああ」

「田舎にいる母さんと同い年なのよ」

坂岡にしてはずいぶんと感傷的な物言いだった。

「はあ」

「峰崎くんさぁ」坂岡はため息まじりで言った。「もう少し抑揚のある返事のしかたできないの？　自販機だってもっと愛想がいいよ」

昨日はロボットだった。さらに格下げされたようだ。

「すいません」

以前、つきあっていた女性に同じことを言われたことがある。あなたは喜怒哀楽に差がなさすぎると。いっしょにいて寂しくなるとも言われた。

「よくそれで営業がつとまってきたね」

「はあ、まあ。なんとか」

そう答えた途端、坂岡が稔の左手首をがっしりつかんだ。ちょうど道を左へ曲がろうと、ハンドルをまわしていたところをだ。軽トラックはあやうく信号待ちの対向車とぶつかりそうになった。右手だけで無理矢理ハンドルを切ったので、軽トラックはよろめく。前後の車からクラクションが鳴り、ふざけるな、莫迦《ばか》野郎と怒声も聞こえた。

「な、なにするんですかっ、あぶないでしょう」

稔は声を荒らげたが、手を離した坂岡は涼しい顔だ。

「きちんと感情をあらわにすることはできるじゃないの」

「あらわにするとかしないとか、そういう問題ではないでしょ」

「ナ、ナニスルンデスカッ」坂岡は稔のまねをしてケタケタ笑った。「鼻の穴、大きくしちゃって。ケッサク」

「ヘタしたらおれら、死ぬとこでしたよ」

「それはいやだなあ。結婚を前に峰崎くんと心中は勘弁」

こっちだって勘弁だ。

立川から渋谷まで二時間かかった。

宮下公園の地下の駐車場に車を置き、荷物を台車へうつした。配達先は渋谷駅の東口方面で、そこまで台車を押していかねばならない。むろんその役目は稔である。

「汗たっぷりかくんだよ」からかい気味に坂岡が言った。「そっちのほうが顧客にウケがいいんだから」

今日も真夏日だ。言われずとも汗は全身から噴きでてきた。坂岡は日傘をさして、前を歩いていった。

がらがらがら。台車が激しい音をたてる。どうしてだろう。おれがこの音にひどく懐《なつ》かしさを感じるのは。ずっと昔、渋谷に住んでいた頃の少年時代、この音をよく聞いていたように思う。がらがら。がらがらがら。

宮益坂下の交差点で信号待ちをしているとき、銀座線の電車が高架の線路を走っていくのが見えた。地下鉄であるにもかかわらず、建物の三階にホームがあることが、昔はメビウスの輪にも似た奇妙な現象のように思えた。友達のだれかが、渋谷駅周辺が窪地《くぼち》だからだよ、と教えてくれはした。だが稔にとって大切なのはそうした事実ではなかった。

建物の中央から電車がぬっと現れるその瞬間は、秘密基地から飛びたつロケットを想起させ、奇妙な興奮を感じたものだ。

さすがにいま見たところで興奮はしない。だがべつの感情がじんわりと胸の内に溢《あふ》れでてくるのを感じた。これが郷愁というものか、と稔は思った。

「信号、青になったよ」

坂岡の声がした。

「あ、すいません」

銀座線の下に、渋谷駅から東急文化会館を繋《つな》げていた高架通路があるのが目に入った。

「あれ、まだあるんだ」稔は思わずつぶやいてしまった。

「ん? なにが」坂岡が訊《たず》ねてくる。

「文化会館はなくなったのに、通路は残っているんですね」

「あれは奥まで繋がっているんだから、取り壊すわけないでしょ」

「奥?」

「文化会館の、まあ、いまはその跡地ってことだけど、その裏手まであの通路でいけるようになっているのよ」

ああ、そうだった。

「本屋とかあるほうですね」いまもあるだろうかと思いつつ、口にした。

「いまからいく洋食屋はそっちのほう」

「洋食屋、ですか。それってもしかして『K2』っていう」

「そうそう。よく知ってるわね」

「子供時分に親に連れられ、通ってました」

「あ、そっか。峰崎くん、渋谷出身だもんね」

ほんとうになくなっている。

文化会館の跡地を囲む白いフェンスを目《ま》の当《あ》たりにして、稔は一瞬、憤《いきどお》りを感じた。

文化会館がなくなったのは知っていた。新聞かネットで読んだ記憶がある。そのときはなんの感慨もなかった。小学生だった二十年前ですら、あか抜けない古くさい建物だと感じていた。取り壊されても当然ぐらいに思っていたにもかかわらずだ。ただ、憤ったところでどうしようもないこともわかっていた。

渋谷駅東口のロータリーを右手、フェンスを左手に、進んでいった。

「あ、いけない」途中、足をとめた坂岡はなぜか渋谷駅にむかってお辞儀をした。

「なにしてんですか」

「いつもの、あれよ」頭をあげた坂岡は不機嫌に言った。

「あれ？」

「神社仏閣にはあいさつするって言ったでしょ」

「どこに神社仏閣があるんです?」

「あそこ」坂岡が指さしたのは東急東横店の上のほうだった。「あるのよ。屋上に。神社」

「そんなのありましたっけ」

稔の記憶にはなかった。

「以前、気晴らしに屋上いったとき、たまたま見つけちゃったんだ。それから渋谷駅の前通るたびにお辞儀しなきゃならなくなったわ」

だったらやめればいいのに、と思ったが、そうもいかないようだ。

「ちなみに」

「は?」

「あれ」つぎに坂岡は右の方角を指さした。塔のような高層ビルがそびえ立っている。

「なんですか」

「セルリアンタワー」

「っていうんですか」

「あそこで結婚式するの」

「だれがです」

坂岡からの返事がなかった。稔は彼女のほうを見た。

ありゃりゃ。『ホットパンツ』の制服のときとおなじ、すごい顔でにらんでいる。

「な、な、なんですか」

「あたしのに決まってんじゃん」

ああ。

文化会館の跡地に沿って、左へ曲がった。

「峰崎くんはさ」坂岡の機嫌はなおっていた。「渋谷で暮らしていたとなると、文化会館の屋上にあったプラネタリウムってけっこういってた?」

「ああ、まあ、何度か」

別段、天体には興味がなかった。しかし電力館同様、学校の授業でもいったし、家族とも足を運んだことがあった。

「わたしも一度はいってみたかったなあ。気にはなってたんだよねえ。残念無念だよ」

「プラネタリウムだったら都内のどっか他にあるんじゃないですかね」

「そうじゃなくてさ、ここのに入ってみたかったの」

「映画館はちょくちょくいったんだけどねえ。あのさ、駅から見て左手にも喫茶店あったよね。渋谷にしては静かな店でひとりで考え事するにはちょうどよかったんだよなあ。店員さんや店のひとたちみんな歳《とし》がいってたけど、矍鑠《かくしゃく》としててかっこよかった」

「はあ」

「西村のフルーツパーラーですよね」

名前がすっとでてきた。ただし静かだったとか、年配のひとが働いていたかはさだかではない。それに坂岡が訪れていたのは文化会館の閉館間際《まぎわ》、三、四年前だ。稔が両親ときていた頃とは十数年差がある。

「西村って道玄坂の入り口んとこのじゃないの」

「そっち本店です」

「そうなんだぁ。本店へは、いったことないなあ」

『K2』のドアには『準備中』のふだが下がっていた。「ちょっと待ってて」と言ってから、坂岡はかまわず、「こんにちはぁ」と店へ入っていく。

一分もしないうちに坂岡がドアから顔をのぞかせ、「もってきたヤツ、中へ入れてちょうだい」と命じた。

店内は薄暗かった。外の陽射《ひざ》しに慣れた目には余計、そう思えるのかもしれない。

「暗いでしょう。いま灯り、点《つ》けるから」奥の厨房から、ひとが顔をのぞかせた。と同時にぱちぱちぱちと音がする。スイッチをいれたらしく、天井の灯りが点いた。

「食材はレジ脇《わき》置いといてくれればいいから」

そう言ってまた厨房《ちゅうぼう》へひっこんでいった。はっきりと記憶にある声だ。低く渋いバリトン。

食材を言われたとおりの場所へ置き、台車もたたんで、中へいれた。坂岡はすでに入り口そばの四人がけの席へ座っていた。稔もそのとなりへ腰をおろす。偶然だがその席は子供の頃の指定席だった。坂岡にかまわず、しばらく店内を見回してしまう。山小屋のようなつくりは二十年前と少しも変わっていない。テーブルの上に、ピンクと白のチェック模様の布と、透明の厚手のビニールを重ねておいてあるのもいっしょだ。

「子供の頃と変わってない？」と坂岡がきいてきた。

「はあ、まあ。ここってロールキャベツがうまいんですよね」

「昔からのはね。最近はオムライス。うちの食材、仕入れてもらおうと思って、わたしが新メニューとして提案したんだ」ちょっと自慢げだ。「『東京ウォーカー』や『H

『Ｈａｎａｋｏ』で紹介されたんだよ。そのオムライス」

「はあ」

「はあって峰崎くんさ」坂岡は眉間《みけん》にしわを寄せた。「せっかくわたしが自慢してるのにさ、そういう反応はないんじゃないの」

やっぱり自慢していたのか。

「はあ、じゃなくて、同じハ行でもさ。へえ、とか、ほぉぉ、とか。賞賛しろとは言わないから、せめて感心してよ」

「へえ、ほぉ」

「もういい」坂岡はそっぽをむいた。

「やあ、ごめん、お待たせしちゃって」洋食屋の主人が盆を持ってあらわれた。「暑いのにご苦労様だねえ」

「こちらこそ、わざわざ時間割いていただいちゃって」

「きいたよ、チアキちゃん」主人はお冷やを盆からおろした。ガラスの灰皿もあった。

「会社辞めるんだって」

先手をうたれたカタチになった。坂岡の頬がほんの少し赤らんだ。

「あ、はい。早耳ですね。どこからその話を？」

「昨日、『ホットパンツ』のオーナーが夜にうちきてさ。ひとしきり嘆いて帰っていったよ」

そのあと、坂岡は峰崎を紹介した。

「彼、昔、渋谷に住んでいたことあるんだそうです」

「もしかして」主人は稔の名刺を見てから、「『ミネザキパン』の坊ちゃん？」と言った。

「あ、はい」ずばりあてられてしまった。

主人は「失礼するよ」と小声で言い、白衣の胸ポケットからホープの箱とジッポーをだした。どちらも昔と同じだ。「そういや、チアキちゃん、煙草《たばこ》は？」

「やめました」

「あっ、そうなんだ。妊娠したとか？」

「ちがいますよ」と坂岡はにこやかに応じる。「旦那《だんな》になるひとが煙草、嫌いなんです」

「坊ちゃんは？」

「いいんですか、吸って」というのも壁に『お煙草ご遠慮願います』と張り紙が貼《は》ってあるのだ。

「あれは営業中だけのこと」と主人は苦笑いをした。

「では遠慮なく」

煙草をくわえると、カチリと音がした。火を灯したジッポーが目の前にさしだされていた。

「す、すいません」

「『ミネザキパン』は二代目の実家へ越したんだよね」

「そ、そうです」

カチリ。稔の煙草に火がつくと、主人はジッポーの蓋《ふた》を閉じた。

「むこうで『ミネザキパン』つづけたの？」

「あ、いえ」と稔は口ごもってしまった。

困ったな。できればあまり話したくないことだった。しかし主人は瞬《まばた》きもせずに、大きな瞳《ひとみ》を稔にむけたままでいる。なにか言わねばならない。

「つづけませんでした」

思った以上に強い口調になっていたようだ。主人のばつの悪そうな顔を見ればわかる。稔は「す、すいません」とあやまってしまった。

「坊ちゃんとこもいろいろあったんだな。そりゃそうだ。じいさん亡《な》くなって、しばらくして渋谷をでたんだよね」

祖父の土地は父母が売った。「ええ」

「となると二十年だもんなあ」主人はごりごり頭を掻《か》いた。「いろいろあって当然だ。ちっちゃい坊ちゃんが、煙草吸って、おれと話をしてるようにもなるか」

父は実家に戻ると、ひとの紹介で地元の菓子メーカーに就職した。『ミネザキパン』は祖父一代の店だったのだ。祖父がつくるパンの味でもっていた。父はそれに及ぶことがなかった。

祖父は心のどこかで稔に継いでほしいと考えていたように思う。小学校の頃は店の手伝いをやらされていた。

「彼のおじいさんのつくるパンは絶品でね」主人は坂岡にむかって話をしていた。

「一時期はうちの店でもだしていたことがあってさ」

「そうだったんですか」坂岡は微笑《ほほえ》み、うなずいている。「不思議な縁ですね。その孫がこうしてこちらと仕事をするようになるなんて」

「そのことなんだけど」まだほんの先端しか灰になっていないのにもかかわらず、主人はそれを自分がもってきた灰皿で揉《も》み消した。「うちも来月で閉めることになったんだ」

「え？」「は？」

稔と坂岡、ふたりで声をそろえて驚いた。

「ここまでどうにかふんばってきたんだけどね。正直、ここんところ、客足もだいぶ遠のいちゃってさ。いや、オムライスは好評だったよ。雑誌で紹介されたときには、ちょっとした列ができたもんだ。その点はチアキちゃんにはすっごく感謝してる」主人は両手で顔を覆《おお》った。「でもさ、おれももうつかれたよ。ここ売り払って、山にでもこもろうと思ってるんだ」

店をでてから駐車場へ戻るまで、坂岡は口を閉ざしたままだった。日傘もさし忘れ、うつむいたまま早足で歩くだけだ。空の台車を押して、稔は彼女のあとをついていった。がらがら。がらがらがら。

宮下公園下の駐車場に着き、軽トラックへ乗りこむと、坂岡はようやく口を開いた。

「凹《へこ》むなあ」

「え？」

「顧客が店閉めるってのは、この仕事しているとよくあるっちゃあることさ。とくに渋谷なんか店が入れ代わり立ち代わりなんで、そう驚くことでもないんだよ。店じまいするって話をきけば、ああ、さようでございますか。残念でございますわねえ、でも先週入荷した食材の代金のお支払いは忘れずにお願いしますぅ。それとこれとはべつですものねえ。お互い商売ですし、よろしくお願いしますよぉ。って釘《くぎ》さすわ」

坂岡は太いため息をついた。

「そういうんでよくとりっぱぐれて、えらい目にあうことあるしさ。でも今日は言えなかったなあ」

「あのひとなら平気ですよ。今日の入荷分、必ず支払ってくれますって」

「じつは前回のも滞っているんだよねえ」またため息だ。「その件も直接会って言ったほうがいいと思っていたのに、言えなかった」

坂岡はおのれを罰するようにぺしりと額を叩《たた》いた。

「凹むよ。いろんな意味で凹む。つぶれるとは予想してなかった」

「いくらですか」

「え？」

「前のと今回のあわせて」

「十八万五千八百円」

「おれ、いま、いってきましょうか」

坂岡が顔をあげ、稔をまじまじと見た。

「どうしたのさ」

「はい？」

「やる気だしちゃって」

「やる気とかそういう問題じゃないですよ。仕事でしょう、仕事」

「いいよ。これはわたしが辞めるまでにどうにかする」

「でも」

「ほんといいって。さ、車だして」

稔はキーをさしこみ、エンジンをかけてからも「いいんですか、ほんとに」と言った。

「うん。駄目だったら、きみに協力してもらう」

「わかりました」

「でもまさか」くくと坂岡は笑った。「きみの口から仕事って言葉がでるとは思ってなかったよ」

仕事と口にだしたが、それよりも『K２』の主人が十八万五千八百円を踏み倒す人間と思われるのが我慢ならなかっただけだ。自分の過去を汚された気になったのである。

坂岡の笑い声はまだやまない。

「そんな笑わなくていいじゃないですか」

「別件で笑ってるの」

「別件？」

「やっぱ峰崎くん、オボッチャマだったんじゃん。洋食屋の主人、坊ちゃん坊ちゃんって」

「あれはですね。あのオジサン、男の子のことはみんな坊ちゃん、女の子のことはみんなお嬢ちゃんって呼ぶんです」

「ってことは、あのオジサンの中では、まだきみは男の子なわけだ」

認めたくはないが、そういうことになる。

「あ、これ、渡しておかなきゃ」

坂岡はバッグから透明ファイルに挟んだ地図のコピーをだした。先日のとちがい、印の蛍光ペンはピンクで、数字は『⑬』まであった。

十三件？

「月曜日にまわる店の地図。代々木周辺をまわるからＪＲの代々木駅北口改札に、ちょっと早いけど七時十分集合」

ちょっとじゃない。だいぶ早い。となると七時には着いていなければならない。アパートをでるのは六時過ぎだ。

「一件目が七時半からの打ちあわせなの。早朝会議の前なら時間があるって言われたのよ」

「了解しました」

月曜も八時半の女に会えないのか。

5

日曜日の朝、電話の音で目が覚めた。薄いカーテンのむこうがまだ薄暗いのがわかった。ケータイで時刻を確認すると、まだ四時半だ。いかにせん、早すぎる。

「稔くん、まだいってないでしょう」

受話器をとるといきなり母はそう言った。

「なにが?」

「なにがって、決まってるでしょ。お墓参りよ」

「ああ。まだだけど」

「やっぱり」

「しようがないだろ。昨日は仕事だったんだから」

「稔くんの会社、週休二日じゃないの」

「今日、いくよ」

「ぜったいにいってちょうだいよ。いまさっき、またでたのよ」

「え？　でたって」

「お祖父《じい》さん」

やれやれ。

「うらめしそうに見下ろすのよ。まったくうっとうしいったらありゃしない」

怖いとか懐《なつ》かしいではなく、うっとうしいか。実の娘にそう思われてはお祖父さんも浮かばれなくて当然だ。

「頼んだわよ」

母は一方的に電話を切ってしまった。

井《い》の頭線《かしら》の渋谷駅に降りたときには、もう昼の一時をまわっていた。予想はしていたが、日曜の昼の渋谷はひとでごった返していた。通勤で人込みには慣れているはずの稔でもおたついてしまう。

鬼門だった渋谷に四日連続だ。今日など日曜日だというのに。こうなれば自棄《やけ》である。毒を食らわば皿までとばかり、今日は墓参りへいく前に鬼門中の鬼門へ二件、足を運ぶことにした。

まずは自分の家の跡地だ。渋谷駅から高速の下をくぐって、記憶を頼りに歩いていく。

それにしても渋谷は坂が多い。真夏日のきびしい陽射《ひざ》しが照りつける中、のぼり坂になるとうんざりした。小学生の頃、ここらを自転車で走りまわっていたとは到底信じがたい。

さらには道に迷った。いや、じつは一度、辿《たど》り着いたのだが、ほんとうにここかと確認するために歩いていたら、もとに戻れなくなったのである。

しばらくぐるぐると回っていると、同級生の酒屋を見つけた。マンションの一階にあり、コンビニになっていたが、名前は昔とおなじ、『藤堂酒店』だ。

二十年前は、木造の二階建ての店舗兼住居で、道路に面した壁に、銅板でつくられた店の名前が掲げられていた。ひんやりとした空気に包まれた、薄暗い店だった。父母といったことがあるし、自分ひとりでもいった。お酒以外にも味噌《みそ》や醬油《しょうゆ》があった。駄菓子もあったはずだ。

藤堂くるみ。勝ち気なくせに泣き虫。ころころ太った女の子だった。

そして彼女が言ったことも思いだした。

裏切り者。

炎天下でありながら、稔は背中に寒気を感じた。そして変わり果てた『藤堂酒店』の前を足早に通りすぎた。

どうにかもとに戻ることができた。『ミネザキパン』跡地に立つマンションを見上げる。

やはりおもしろくはない。とりあえず定礎と書かれた石板を蹴《け》っ飛ばしておいた。

つぎにむかったのは母校だ。

記憶と寸分ちがわない学校を囲う灰色の塀が見えてきたときには、郷愁よりもさきに、いい知れない昂揚感《こうようかん》があった。あった！　と叫びたいほどだった。

塀に沿って歩き、正門へむかった。二十年前、同じ道を登校していたことがとても信じられない。

そういえば五年か六年の頃、遅刻しそうになると、瓶ビールをいれるプラスチック製のケースを台にして、校舎の裏側の塀をよじのぼって乗り越えたおぼえがある。塀のむこうにウサギ小屋があり、その屋根の上へ降りていた。一度や二度ではない。そのケースを学校の塀と電柱のあいだに置きっぱなしにしていた気もする。稔専用ではなかった。何人かの所有物だった。

そんな大胆な犯行がずっとつづけられたとは思えない。どこかで先生にばれ、叱《しか》られたことだろう。だがそのあたりの記憶が欠落している。

やがて正門が見えてきた。

塀のむこうからなにやら歓声が聞こえてきた。

にぎやかな原因がわかった。校庭でサッカーがおこなわれていた。ユニフォームを身にまとった子供達がボールを追いかけている。それをまわりでおとなたちが応援しているのだ。

正門の前まできた。門扉《もんぴ》が閉ざされ、『関係者以外立ち入り禁止』の看板があった。ひとまずケータイで校舎を撮っておいた。そのまま去ってもよかったのだが、ひやかしに子供達のサッカーを眺めているうち、だんだんと引き込まれてしまった。

試合は接戦だ。なかなかどちらもゴールが決められずにいる。手に汗とまではいかずとも真剣に見入ってしまう。どちらのチームにしてもゴールを外したときには、「あぁ」と思わずうめき声をだしていたほどだ。

「ちょっと、あなた」

気づくと門扉のむこうに女性が腰に手をあて立っていた。たぶん稔と同い年くらいだ。

ピンクのポロシャツにコットンパンツ、頭にはバンダナを巻いている。背は低いがジムにでも通っていそうな引き締まったからだだ。筋肉質といっていい。

「おれですか」

「そう、あなた」にこやかに微笑《ほほえ》みながらも疑いのまなざしをしている。「どっちかのチームに知り合いの子がいるのかしら?」

「え? あ、いや」

熱心に応援していたから知り合いだと思われている、ということではなさそうだ。稔は自分の服装を確認した。鯉《こい》が泳ぐアロハシャツに両膝《りょうひざ》ともに穴のあいたジーンズ、履き古されたシューズ。そしてリュックサック。いずれも大学の頃から愛用しているものだ。物持ちがいいのが自慢だが、以前つきあっていたカノジョには、物が捨てられないだけと一刀両断にされた。

ともかく世間様にはまっとうな人間と思われにくい格好ではある。

「さっきケータイで写真お撮りになっていたでしょう」

「あ、あれはですね、校舎を撮っていたんですよ」

ほんとうのことを言っているのに、動揺している自分の小心さに、稔は情けなくなった。

「校舎を？　どうして？」

「おれ、この学校の卒業生でして」

これまたほんとうのことを言っているのに、嘘《うそ》をついている気分になってしまう。

「じゃあ、このへんのひと？」

まるで尋問である。稔はですます調で返答してしまう。「いまは国分寺に住んでいます」

「何年卒？」

「え、あ、ええと八八、あれ、九かな」

「西暦じゃなくて年号だと昭和？　平成？」

「しょ、昭和です。昭和六十三年のはず」

「もしかしてあなた、『ミネザキパン』の？」そう言う彼女の表情が和らいでいくのがわかった。

「峰崎です。峰崎稔」

「うそ、嫌だ、ほんとにぃ？」

女性はとびあがらんばかりの驚きぶりだ。その仕草を見て、彼女がだれか稔はわかった。

しまった。いちばん会いたくなかったひとに、こんなあっさり会ってしまうとは。

しかし逃げるわけにもいかない。

「あたし、だれかわかる？」

「『藤堂酒店』の？」

くるみちゃんだ。すっかり痩《や》せていたので気づかなかった。もしかしたら小学校のときよりもいまのほうが体重が少ないのではないか。

「おぼえていてくれたんだ。感激だなぁ。峰崎くんは卒業してすぐ渋谷をでていったわよね」

渋谷をでていった。言った本人にそのつもりがあるかどうかはわからないが、稔には批難されているように聞こえ、少なからず動揺した。

くるみちゃんは中学にあがったとき、おれのことを裏切り者とののしったのだろうか。

「なんでここにいるの？」

そう言われると困る。ひとまず「墓参りへいく途中」と答えた。

「お墓はこっちにあるの？」

稔は寺の名前を言った。

「そうなんだ。あ、こっち入ってきなよ」

くるみは門扉を一メートルほど押し開いた。

「いや、おれは」

「急ぐの、お墓参り？」

「急ぎはしないけども」

「だったらいいじゃん。学校ん中とか見たいでしょ」

なかば強引にいれられてしまった。

毒を食らわば皿まで。

「さっきはごめんね、なんかあの、ヘンな疑いをかけて」

やはり疑われていたのか。まあ、しかたがない。

「最近、物騒だもんね」と稔はぎこちなく笑ってみせる。

「そうなのよぉ。だってここは渋谷じゃん。いろんなひとが町中歩いているから、子供がある身としてはどうしても余計な心配しちゃうんだよ」

「子供いるんだ」

「うん、いま試合でてる。あっ」くるみがフィールドへむかって走りだした。「ルゥミィィイイ、いけいけ、そのまま決めちまええぇぇ」

稔はくるみのあとを追う。フィールドに目をむけると、長い髪を揺らし、ボールを蹴り進む子がいた。より近くで見ると、その子が女の子であるのに気づいた。

「おらおら、おまえだったらできるよぉ」くるみはフィールド間際《まぎわ》で応援していた。稔はその横に立つ。「焦《あせ》るなよ、焦りは禁物だからなぁっ」

くるみをはさんでむこう側に背の高い男性がいた。大声をださずとも、ルミがひとり抜くごとに「よしっ、いいぞ、よしっ」と強くうなずいている。

ルミはついにゴール手前にでた。くるみだけではない、まわりのひとたちの応援がさらに過熱する。稔もルミに肩入れした。

キーパーが前へでてきたその隙《すき》を突き、ルミはひらりと飛ぶようにシュートを決めた。

「偉いよ偉い。あんたはほんと偉い子だよ」

くるみはルミにヘッドロックをかけ、頭のてっぺんを拳《こぶし》でぐりぐりしていた。とてもほめているようには見えないが、それがくるみの愛情表現だろう。

「ねえ、ルミは偉いよね。お父さん」

「ああ。よくやったな、ルミ」

お父さんと呼ばれた男は、くるみといっしょに応援していた背の高い男性だ。その柔らかな笑みを見て稔は彼がだれであるかわかった。

「痛いよ、母さん」ルミが抗議する。

試合は終わった。両チームあわせてゴールを決めたのはただひとり、ルミだけだった。

「うれしいよぉ、お母さん、ほんとうれしいよぉ」

くるみの目には涙がにじんでいる。泣き虫なのは昔と変わらないようだ。

「もう離してよ、母さん。みんな見てるよ、恥ずかしいよ」

そう言うとルミはするりと抜けて、同じユニフォームの子達の輪の中にいってしまった。

くるみは目の縁の涙を手で拭《ぬぐ》いながら、「ちぇっ」と舌打ちをした。そして稔のほうに顔をむけると、「今年七歳なんだ」と言った。

「ああ」

「ほんのちょっと前は自分から抱きついてきたのに、いまはあたしのほうからいかないと寄ってこないのよ。つまんないね、親って」

そういうものか、と独身の稔は思う。そして自分はどうだったかを思いだそうとしたがわからなかった。

「稔だよね」

ルミのお父さんであり、くるみの旦那《だんな》だろう男性が言った。

「アメさん？」

雨宮司《あめみやつかさ》。フルネームで思いだすことができた。輸入レコード店に連れ立っていったアメさんだ。

「稔がなんでここにいるの？」とアメさんがくるみに訊ねた。

「お墓参りの途中だって。そうよね、峰崎くん」

「うん、ああ」

「墓参り？」

「あ、ああ。祖父《じい》さんの」

「『ミネザキパン』のあのおじいさんかぁ。なつかしいなぁ」と言いながら、くるみはまた目の端に涙を浮かべていた。「あたし、『ミネザキパン』のパン、大好きだったのよぉ。とくにコッペパン。買ったその場で、バターピーナッツ塗ってくれたり、あんこ挟んでくれたりするんだったよね」

「ああ」

その手伝いはよくやらされた。あまりいい記憶ではない。もっと多く塗れだの、さっきの子と量がちがうだの、文句を言う輩《やから》がいたからだ。くるみやアメさんなどではない、一学年上のグループ。その中でもっとも苦手なヤツがいた。学校でも目をつけられ、いじめられた。

「母さん」ルミが友達の輪から抜けずに、顔をこちらへむけ叫んでいる。「まだここで遊んでていい？」

「どうぞぉ。喧嘩《けんか》しちゃ駄目よぉ」娘に答えてから「峰崎くん、時間ある？　せっかくだからちょっと話してかない？」とくるみが言った。

「ああ、まあ」

「いいのか、墓参り？」とアメさんが少しだけ心配そうに言う。

「そう急がなくてもいいんだ。今日中であれば」

祖父さんも昼間にばけてでたりはしないだろう。

「いこっ」と言って、くるみは校舎へむかって歩きだした。

外観同様、中もさして変わっていなかった。入り口に立ち並ぶ下駄箱《げた》や簀の子《すこ》も昔のままだ。

「はい、どうぞ」

くるみがさきに簀の子にあがり、下駄箱からスリッパをだして、ふたつ並べた。緑色のそれには母校の名前が金文字で横書きされていた。

「靴は下駄箱にいれて」

下駄箱は小さく思えたが、靴が入らないサイズではなかった。歩くたびに簀の子が、がたがた音をたてる。ひさしぶりに聞く音だ。

「いつ以来？　同窓会とか全然きてなかったよね？」

さきをいくくるみがふりかえって、話しかけてきた。

「卒業してはじめてきた」

「じゃあ、二十年ぶり？」

「うん、まあ、そう」

「母校が最後の日もきてないよね、峰崎くん」

「最後の日？」

「最後の卒業式のときはけっこうな人数集まって、呑《の》みにいったんだ」

「最後の卒業式ってどういうこと？」

「え？　峰崎くん、知らないの？」

くるみもアメさんも足をとめた。

「稔、この学校は去年の三月に廃校になったんだよ」アメさんが静謐《せいひつ》な声で言った。

「正確に言えばこの近辺三つの学校が統廃合されたんだ。卒業生全員に葉書がいったはずだし、ほら」アメさんはテレビタレントの名を挙げた。「あのひと、われらが母校の卒業生だっただろ」

稔が小学生の頃は、トレンディドラマに出演して、渋い二枚目として重宝がられた男優だ。最近は二時間ドラマか旅番組でしかお目にかからない。年齢は稔よりも二十歳は上である。

「あのひとがレポーター役で、ドキュメンタリー番組もやったんだ。見なかったかな？」

「あ、うん」

「あの番組、夜中だったからなあ。録画しておいたから、今度貸そうか？」

そう言うアメさんを「いいよ、あんなの見せなくたって」とくるみが遮った。「あいつがうちの学校の代表みたいな顔をしていたの、すっげえ気に食わなかったんだよ」

「だけどくるみ、サインもらってたろ？」

アメさんがからかうように言う。

「あれは社交辞令。撮影してるとこも、脇《わき》でちょっと見学してたんだけどさ。あいつ、はい、本番って声がかかってから泣いてたよ。『これが最後の卒業式だなんて考えられません』とか言って。やらせだよ、やらせ。こっちはどっちらけだったよ」

「おかげで学校の中や外、空撮までしてもらった映像が残ったんだ。よかったじゃないか」とアメさんは苦笑しつつ言う。

「それはそうだけどもさ。あ、ここ」

くるみは、お疲れさまぁ、とあいさつをしつつ、教室の引き戸をがらがらと開いた。お疲れさまでぇす、と中から返事があった。

教室は昔となんらかわりはなかった。黒板もあり、うしろのランドセル棚（当時はそう言っていたが、正式名称はあるのだろうか）もある。

「ここはサッカー選手の家族控え室なんだ」アメさんがそう言って微笑んだ。「試合が終わったあとも、こうして残ってダべっていくのが、なんとなく慣例になっている。一種の地域交流だね」

年齢は二十代後半から四十代の親御さん、祖父母と思われるひとたちが、いくつかのグループにわかれ、談笑している。そのあいだを四、五歳の子供が数人、走り回って奇声をあげていた。独身の稔には見慣れぬ光景だ。みんな前屈《まえかが》みなのは、机と椅子《いす》が生徒用の低いものだからだ。

「窓側いかない？」と言うくるみは机を両手で抱え持っていた。ぼく持つよ、とアメさんがごく自然にそれを受け取り、運んだ。仲睦《なかむつ》まじいとか、下衆《げす》に言えばラブラブだとか、いずれにせよ仲のいいところを見せつけられた気がした。

これいいですか、とくるみが話をしているひとに訊《たず》ねている。空いている椅子を借りようとしているのだ。承諾を得て、それを運んできた。机を置いたあと、アメさんは教壇にあるクーラーボックスからペットボトルのお茶をもってきていた。じつに手際よい。稔はなす術《すべ》もなくぼんやりしているだけだ。

ひとつの机を三人で囲むカタチになった。校庭では子供達がサッカーをしている。試合ほどの真剣さはない。始終、笑い声がする。とても楽しそうだ。

「変わらないね、峰崎くん」

「え?」

「そのクールなカンジ。当時はクールなんて言葉なかったからどう言ってたろ。渋いともちがうな。あ、ふつうに冷たいだ」

クールはいいが、冷たいと言われてもうれしくはない。

「そんなふうに言われたおぼえないよ」

稔はつい不満げに言ってしまった。

「女の子のあいだでよ」ふふふ、とくるみは女の子のような笑い方をした。「峰崎くん、けっこうもてたんだよ」

「え?」

「あの冷たさがいいって子もいたもん」

「へえ」アメさんがペットボトルのひとつを稔にさしだした。顔は妻にむけている。

「ぼくはどうだった?」

「アメさんは、あ、アメさんだって。ま、いいか。なんかひとりおとなびてたから、別格ってカンジだった。小六からもうベースはじめてたんでしょ」

「小五だよ。小六のときには兄貴のバンドに入れてもらってた」

「へえ。知らなかった」と稔は言った。輸入レコード店をハシゴしたのはそういうこともあってか。

「あたしも当時は知らなかったわ。はっきり言ってアウトオブ眼中だったし」

アウトオブ眼中。これはまたずいぶんひさしぶりに聞く言葉だ。

「要するにぼくは女の子のあいだでは話題にのぼらなかった」

「いいじゃないの、いまはこうしてすてきな奥さんとかわいい子供がいるんだから」

「子供はかわいいけど、奥さんのほうはすてきとは」そこで言葉が途切れ、「痛っ」とアメさんが叫んだ。原因はあきらかだ。くるみがアメさんの手の甲をつねっていた。

「なに?」

「すてきです。奥さんもすてきです。ぼくはしあわせだなあ」

独身の稔からすれば、たしかにアメさんはしあわせに思えた。

「アウトオブ眼中だったのに、どうしてこういうことになったの?」

ふだんはこんな質問はしない。事実、坂岡には南方家族のオッサンとのなれそめを訊ねたりはしない。小学生の頃はどちらも相手のことなど気にもとめなかったふたりが、二十年の歳月を経て、夫婦となり、家庭を築いていることが興味深く思えたのである。

「いまでもアウトオブ眼中よ。正直、好みじゃないし」

「ひどい」とアメさんはつぶやいた。「きみのほうからつきあおうって言ったんじゃないか」

「その前段階があるじゃない。アメさんが道端で突然、あたしつかまえて、食事誘ってきたんじゃん」

「つかまえてってたまたま会ったから誘ったまでだよ。まさかオッケーするとは思ってなかったし」

「そのわりにはいったところ、けっこうきばった店だったじゃん」

「あれはきみがその店がいいって言ったからさ」

まわりのひとが言いあうふたりをちらちら盗み見ているのが稔にはわかった。やれやれ。

「あ、あの、もういいよ」

「もういいってことはないでしょ」「そうだよ」

そこは意見があうんですか、おふたりさん。

まわりのひとから笑いが洩《も》れた。ようやくふたりは自分達に注目が集まっていることに気づき、顔を赤らめた。

「つまりはその」照れ隠しの笑みを浮かべ、ペットボトルのお茶を一口飲んでから、くるみは言った。「売れ残りのジモティー同士がくっついたってだけのこと」

ジモティーなんて言葉もひさしぶりだ。

しばらく校庭で遊ぶ子供達の姿を三人でながめていた。

「あたしは怖いんだ」

くるみが不意に言った。これまでの明るいトーンとはちがう口調になっている。

「怖い？」

「住んでいるひとがいないわけじゃないし、新しく住民になるひともいる。子供だってサッカーをやる程度にはどうにかこうにか集まるけど」

「ルミのいるチームは町内会のなんだ」とアメさんが注釈をいれるように言う。「くるみは発起人のひとりでね。今日の相手チームは広尾の小学校。サッカーの他にもお祭りやピクニックなんか企画していろいろやってるんだ」

「そうやって地元を活性化させていかないと、どんどんひとがいなくなりそうでさ。母校がなくなるだけじゃなくて、やがてこの町にだれもいなくなって、ただひとが行き交うだけの場所になっちゃうのが、あたしは怖くてたまらないんだ」

くるみの唇が震えている。目の端が光っていた。まるでなにかにおびえているようだ。

二十年前と同じことを言っている。そして、それはさらに真実味を増していた。

「ご、ごめん。なんであたし、こんな話してるんだろ。こんなこと、峰崎くんには関係ないことだもんね」

「関係ないことはないんだ」つい息せききって、稔は言った。「おれ、これから渋谷にほぼ毎日くることになるし」

稔はいま食品卸の会社にいること、そしてこの九月から渋谷エリアを担当する話をした。

「じつはおとついももう何件か回っているんだ」『K2』のことはなんとなく言うのを差し控えた。「さきおとついも一件、円山町の『ホットパンツ』っていうとこへ」

「『ホットパンツ』!」アメさんが声高に言った。それから咳《せき》払いをして、「ご、ごめん」となぜかあやまった。

「なに取り乱しているのさ」とくるみは旦那《だんな》をにらんだ。

「と、取り乱してなんかないよ。稔、ぼくは取り乱しているかな」

取り乱しているようにしか見えなかったが、「あ、いや、とくには」と答えておいた。

アメさんを横目で見つつ、「峰崎くん、今日、うち寄ってく？　晩飯、ごちそうするよ」とくるみがすすめてくれた。

「そうしなよ、稔。くるみはこう見えて料理が得意なんだ。墓参りいったあとでもいいし」

いきなりの申し出に稔は戸惑った。墓参りのあと用事はない。しかししあわせそうな家族のところへのこのこ入りこむのはどうしたって気が引ける。

「いや、またの機会にするよ」

「でもさ、こういうのって、また今度となると、なかなか機会ないじゃん」

くるみが拗《す》ねた口調になった。

「ケータイの番号、教えておくよ」

「了解」アメさんが自分のケータイをだして、稔の言う番号を押した。

そのとなりでくるみが「峰崎くん、結婚は？」と唐突に質問してきた。

「いや、まだ」

「カノジョは？」

「ああ、まあ」

「いるの、いないの？」

八時半の女。今日の日曜日、彼女はなにをしているのだろう。

「いまはいない」

それからくるみは矢継ぎ早に質問してきた。

「一人暮らし？」「うん、ああ」「いまどこなの？」「国分寺」「家賃は？」「八万三千円」「何部屋？」「２ＤＫ」

「峰崎くん、いっそのこと、渋谷に住みなよ」

「え？」

「家賃二桁《けた》にして、このへんの物件をマメに探せば、同じ広さんとこに住めないことないって」

家賃二桁となると十万以上ということか。八万三千円だってけっこう生活カツカツなのに。

「ね、そうしなよ」

くるみに真正面から見据えられ、稔はすっかり気圧《けお》されてしまい、「え、ああ、うう」と口ごもるばかりだった。

裏切り者。小学生のときの彼女がいまここにいる。戻ってくれば許してあげる。そういうことだろうか。

「おい、くるみ」アメさんが助け舟をだしてくれた。「稔にだっていろいろ事情あるんだよ。はい、わかりました、渋谷に住みますとはならないって。なあ、稔」

「う、うん」

「わかってるわよ、でも」

くるみはふくれっ面《つら》になり、また校庭へ目をむけた。するとつぎの瞬間、「あっ」と叫んだ。「あの子ったら」

稔も校庭を見た。アメさんや他の人達もだ。

子供が数人、もつれあっている。あきらかにサッカーではない。遊びですらない。喧嘩《けんか》だ。それもけっこうな真剣勝負。中でもえらい立ち回りをしているのはルミだった。ついには男の子のひとりを押し倒し、馬乗りになった。

「喧嘩しちゃ駄目だって、あんだけ言っておいたのにっ。ほめたあとはいつもこうなんだからっ」

くるみは立ち上がると、窓を開き、飛びだしていった。

「こぉぉぉらぁぁぁ、ルゥウゥミイィイィ」

スリッパを途中で脱ぎ、それを両手に喧嘩の現場へ一目散だ。

アメさんは微動だにしなかった。妻のうしろ姿を見つめているだけだ。

「いいのか」

　「うん？　ああ」アメさんは微笑《ほほえ》んで稔にこう言った。「うちの奥さん、なかなかすてきだろ」

　くるみが娘の頭をスリッパで叩《たた》いている。まわりの子供達はその気迫におされ、身動きがとれなくなっていた。

「くるみちゃんって昔からああだっけ？」

　うっかり、ちゃん付けをしてしまったが、アメさんは気にしてないようだった。

「ああなったのは、ルミが生まれてからかな。つまりは母親になってからだね」

　教室の中のひとびとが片付けをはじめていた。

「おっと、もうこんな時間か」アメさんがケータイを見て言った。「ここ四時までなんだよ。四時には校門からでてなきゃいけない。さ、いこう」

「だれ、このひと？」

　校門の前で、好奇に満ちた目でルミが見上げた。頬にはまだ涙の線が残っていた。

「どちら様ですかってきいてみなさい」

　娘の頭を撫《な》でながら、くるみが言う。

「どちら様ですか」

稔は名を名乗り、「きみのお父さんとお母さんの古い友達だよ。おれも昔、この学校へ通っていたんだ」と答えた。

「へえ。お父さんとお母さん、昔はどうだった？」

「どうって」

「子供んときはつきあってなかったって言うんだけど、ほんと？」

「ああ、それはほんとだ」

それからルミは稔の顔をじっと見た。

「オジサンの家はこのへん？」

「小学校卒業して引っ越しちゃったんだ」

「たくさん、お金もらった？」

「え？」

「引っ越したってことは、土地を売ったんでしょ。だからたくさんお金もらったでしょう？」

「い、いや」

「故郷を売った裏切り者」

ルミの声が鋭く、稔の胸に突き刺さった。

「莫迦《ばか》言ってんじゃないの」

くるみが叱《しか》ってもルミは言葉をつづけた。

「母さん、いつもそう言ってるじゃない。この町からいなくなったひとはみんなそうだって」

そしてルミは子供特有の意地の悪い目で、稔をふたたび見あげた。

寺に着いたのは四時半をまわっていた。立ち並ぶ墓石を前に、稔は額に冷たい汗をかいていた。

しまった。どれがうちの墓だ。考えてみればここへは二、三度しかきていない。お骨を納めたときと、一周忌だけである。

広くはない霊園だが、墓石をひとつずつ確認して歩くには数が多すぎる。試しにやってみたものの、どうしたって時間がかかりそうでやめてしまった。

やれやれ。

叱られるのは覚悟でケータイをとりだし、実家へ電話をすることにした。

呼び出し音を十数回鳴らしても、父も母もでてこなかった。

さて、どうしたものか。

ケータイをジーンズの前ポケットに押し込み、稔は呆然《ぼうぜん》と立ち尽くしてしまった。そもそもおれは墓参りだというのになにも持っていない。花も線香もなにも持っていない。おれはおとなとしてちゃんとしていない。

「稔っ」

どこからか自分を呼ぶ声がした。

ついにおれのところにも祖父《じい》さんの霊が、とあらぬ想像をしてしまったが、そうではなかった。

「おいっ、こっちだ」

祖父さんの声ではなかった。そうであればもっといがらっぽい声だ。この軽く朗らかな声は。

「父さん」

立ち並ぶ墓石と卒塔婆《そとば》の隙間に、父の姿が見え隠れする。こちらにむかって走ってきているようだ。駆け寄ろうかと思った瞬間、目の前にあらわれた。

「よぉ」

父は淡い紫色の半袖《はんそで》シャツにチノパンツだった。小脇《こわき》にセカンドバッグを抱え、左手に寺の名が入ったおけを持っている。角刈りの精悍《せいかん》な顔立ちで、ずいぶんと血色がいい。

「どうしたのさ？」

「祖父さんの墓参り」

「それはそうだろうけど」

父のからだから、ぷぅん、と酒の匂《にお》いが立った。血色がいいのは酒のせいもある。

昼間からご機嫌というわけだ。

「母さんがぎっくり腰で、今年は中止じゃなかったの」

「そのつもりだった。でもおまえも電話できいて知っているだろう。母さんの枕元《まくらもと》にでるって」

「父さんは見たの？」

父は首を振った。

「そういうの頭から信じてないし。おっと」父はぱしんと左腕を叩《たた》いた。「ここは蚊が多くてたまらん。ともかく外へでよう」

「おれ、お参りすんでないよ」

「いいよ、もう。おれ、やってきたし」

そういうものでもないように思う。

「ともかくいってくる」

「じゃ、おれ、寺の外でてるから」

いこうとする父を稔は慌《あわ》ててひきとめた。

「あ、あのさ」

「なんだよ」と言ってから父は稔の右腕を叩いた。そしてその手のひらをむける。ちようど真ん中に潰《つぶ》れた蚊と血がべっとりついていた。「あんまり長居するとえらい目にあうぞ」

「墓がどこにあるか、教えてくんない?」

「あん?」

父は文句を言いながらも、稔を墓まで案内した。それから「暑気払いにいかないか」と言う。つまりは呑《の》みにいこうというのだ。そしてふらふらとさきを歩いていった。これは酔っているからではない。ふだんから風に煽《あお》られているような歩き方のひとなのだ。

親戚《しんせき》のだれかが父のことを風来坊と呼んでいたのを稔は思いだす。

高速の下をくぐり、渋谷駅へむかう。やがて着いたのは駅前のやきとり屋だった。換気扇からもうもうと煙がでていた。

「ここでいいか？」と言いながら、父は引き戸を開いていた。中から、いらっしゃぁあい、と威勢のいい声が聞こえる。稔は父のあとについて店内へ入った。

カウンターに並んで座った途端、父は生ビールをふたつと注文した。「いいよな」

「うん。ああ」

「今日も朝早くから、でたでたって大騒ぎでさ。母さん、おまえにも電話してただろ」

父が話しだした。墓地で話したことのつづきであるのはわかるが、突然すぎる。だがべつに稔は気にしない。父のこういうところにはすっかり馴《な》れている。へたすると三日前の話のつづきだってする。

「朝の四時半だったよ」

「なあ。で、おれ叱ったんだよ。稔にだって仕事もあるし、生活があるんだ、おまえの戯言《ざれごと》きいて、わかりましたってすぐ墓参りにいけるものかって。そしたらめそめそ泣きだしちゃって、二十年近くも昔のことをごにょごにょ言いだす始末だよ。あんとき土地を売らなければよかったなんて、いまごろ言ってどうするというんだ。まったく。あ、ご苦労様」

最後のご苦労様はビールを運んできた店員にむけてだ。父は店中の壁に貼《は》られた手書きの品書きをぐるりと見てから、やきとりを注文した。

「稔も好きなの頼め」

「とりあえずはいいよ」

「あいかわらず淡白な男だな。欲がなさすぎるのもどうかと思うぞ」

それから父子で乾杯をした。

「でな、母さんがあんまりやかましいんで、だったらおれがいってきてやるって、車で飛びだしてきちゃった」

「車できたの?」

「いま、盆だからな。のぼりはすきすきだったんで、六時間かからずにこれた。円山町のビジネスホテルにチェックインして、一眠りしてから墓参りへいった。今日、一泊して明日帰る。これでまた祖父さんがばけてでてもおれは知らん」

やきとりがくる前に父はビールを一杯、呑み干した。おまえのほうはどうだと言われ、稔は渋谷の営業担当になったこと、今日、実家のあった場所と母校へ足を運んだことを話した。

「仕事で『K2』へもいった」

父はふんと鼻を鳴らした。

「『K2』のオヤジ、おれが焼いたパンは食わないって言ったことがあったよ。おれには本物がわかる、祖父さんの焼いたパンこそがミネザキパンだとかぬかしやがって。一時期、あそこにうちで焼いたパンいれてたことがあったんだが」

「その話、してたよ」

「それってみんなおれが焼いたパンだったんだ。でも祖父さんが焼いたことにしてたよ。そしたらあのオヤジ、最後まで気づかなくてさ。おれにむかって、あんたもこういうパンがつくれるよう努力しろ、なんてしたり顔で言うんだ。笑っちゃったよ」

「もうすぐ店、閉めるって言ってた」

「これまでやってこれたほうが不思議だね」と父は毒づく。「でもまあ、おれの腕が祖父さんより劣っていたのはたしかだ。おれは十六で東京にでてきて、職を転々として、最後にいきついたのがパン職人というだけだったんだ。なりたくてなったわけじゃないんだ。それがパン屋に婿《むこ》入りして、店継ぐことになって、そういうプレッシャーに耐えられなかったんだ。祖父さんがおれに期待をかけすぎたんだよ。最後まで苦痛でしょうがなかったね」

稔は父の横顔を見た。

ふだんの陽気さが消え、疲れきった表情になっていた。

「正直なところ、祖父さんがぽっくりいったときは、心のどこかでほっとしたよ。あの土地だってうまい案配に売れてよかったよ。祖父さんはぜったい手放さないっていってたけどもあのまんまだったらどんだけ税金、持っていかれたかっていうんだ。おっと、こんなこと言ったら、今度はおれんとこにばけてでるか」

力なく笑う父を見て、このひとは自分の人生に満足していないのだろうか、と稔はふと思った。だがもう遅い。やり直すこともできやしない。そしてこうも考える。では、おれは？　おれは自分の人生に満足しているか？

「家があったところ見てどう思った？」父がぼそりと言う。

「どうって」

「懐《なつ》かしかったり、感慨にふけったりしたか？」

「そういうのはなかったなあ。変わりすぎちゃっていたしね」

父は生ビールを呑み干し、店員に同じものを頼んだ。

「おまえもまだビールでいいか」

「ああ」

父は煙草《たばこ》をくわえた。稔もだ。

「やめてないのか」

「うん。そうだね」

「じゃあ、結婚はまだだな」

「どういうこと？」

「結婚が決まった男は煙草をやめる」煙をはきながら父は言った。「いつからかそれが世界の法則になった」

「そうかな」女もだ。稔は坂岡を思いだす。

ビジネスホテルまで送ると言うと、父は途中まででいい、と答えた。

「母さんとはこのうえに泊まるつもりだったんだ」

駅ビルの下をくぐるとき、父がそう言った。

「そうなんだ」

「このホテルができた年からずっとそう。立派すぎて、おれなんか落ち着かないんだけど、母さんがよろこぶんでね。あいつも変わってるよ。客室の窓から渋谷を見下ろして、こんなのあたしの故郷じゃないわって文句言うんだ。そのくせ、ホテルの最上階のレストランで食事している最中、いきなりしおらしくなって、こんな素敵なホテルに泊まれて、こんなおいしいものが食べられるのもみんな、あなたのおかげです、なんて言ったりするんだ。どうかしてるだろ？ 来年はもしかしたら、むこうにできたでっかいヤツ」

「セルリアンタワー」

「そこに泊まりたいって言ってた。今年、そうするつもりが満室でさ、ま、どっちにしろ、あいつはこれなかったんだけども」

道玄坂を渡り、父は小路に入る。そして「あいかわらず落ち着かない町だな」とうれしそうに笑う。さきほどの疲れた表情はもうない。きらきら輝いて見えるのは町の灯りが照りつけているだけではないようだ。スキップでもしそうな勢いになっている。

「いま、おれ、先生なんだ」父はにやにやしながら言った。「この四月から市民センターでパンづくりの教室をやっててな。老人会に参加していたら、たまたまパン屋をやってた話になって、それでやることになってね。けっこう若い子もきてくれてな、二十歳ぐらいの女の子に、先生、これどうするんですかぁ、なんてきかれて手とり足とり教えてんだ」

父の鼻の下が伸びている。

こりゃ人生を後悔している男の顔じゃないや。むしろ謳歌《おうか》しているってカンジだ。後悔したり謳歌したり。それを父は繰り返して生きているのだろう。

「やっぱり好きだな」父が不意に言った。

「え？」

「渋谷。いろいろ変わっちまったけど、それでもおれの肌になじむ町だ。二十歳ぐらいのときの気持ちに戻る」

文化村通りにでた。

「ここまででいいや」

「ああ。気をつけて」

「平気だって。あ、ちょっと」

去ろうとする稔の腕を父はつかんだ。

「なになに？」

「肝心なことをきくの忘れてた。あのさ、いきたいとこがあるんだ」

「おれだって最近、渋谷にくるようになったばかりだから、そう詳しくないぜ」

「知ってれば教えてほしいんだよ。道でひとにきいてもいいんだけど」

「どこいきたいの？」

父は、まさに二十歳の青年のような笑みを浮かべ、こう言った。

「『ホットパンツ』」

やれやれ。

父と別れ、文化村通りをくだっていく途中、気づいたことがあった。

恋文横丁がなくなっていたのだ。

いや、ずいぶん昔になくなっていたから、これは正確ではない。『恋文横丁此処《ここ》にありき』と記された看板を掲げた薬局のビルが、取り壊されていた。その脇《わき》にあったレストランやゲームセンターも姿を消している。そこを通り抜けていくと道玄坂に面しているザ・プライムの裏口へ入れた。ビルの狭間というか隙間《すきま》のような道があった。

それが消えていた。つまりは恋文横丁跡地がきれいさっぱりなくなっていた。

稔はそこではじめてキスをした。というより、された。

小学五年生のとき、べつのクラスの女の子に校舎裏のウサギ小屋に呼びだされ、手紙を渡された。それはその子の友達からだと言う。すぐに開いて読もうとしたら、デリカシーがない、家に帰って読めと叱《しか》られた。えらい剣幕だったので、おとなしく従った。

手紙にはつぎの日の何時だかに109の前へきてください、と書かれていた。しかし名前は書いてなかった。

稔がのこのこでかけると、前日の子が立っていた。稔は頭が混乱した。手紙を渡したときはその子の友達からだと言ったのに、本人がいるのである。いっしょにきてくれと手をひっぱられたときには、手紙をくれた子のところへ連れていくのかと思ったがそうではなかった。『元祖くじら屋』の前を通って、恋文横丁跡地へひきずりこまれた。そして角隅に立たされると、彼女に無理矢理、唇を奪われた。

そのあと、どうしたかははっきりしない。言葉は交わさなかったはずだ。彼女が去ったか、自分が逃げたかしたのだろう。

その子の名前はおぼえていない。あの直後、転校したように思うがたしかではない。

鮮明におぼえていることがひとつ。

キスをしたとき、その子は舌をいれてきた。かなり強引にだ。

いったいどこであんなキスのしかたを彼女は勉強したのやら。

張り切り過ぎた。

6

いつもは国分寺駅を利用しているのだが、今日は武蔵小金井《むさしこがねい》駅まで足を伸ばして、そこから始発の電車に乗った。そして代々木駅に着いたのは六時四十分だった。さすがの坂岡も三十分前にはいなかった。

よしっ、と心の中でガッツポーズをとったはいいが、ここで立っているのも莫迦《ばか》らしい。稔は道をはさんだむこう側にコーヒーショップを見つけ、そこへむかった。十五分だけあそこにいよう。そのあいだに坂岡がきてもだいじょうぶなように、窓際《まどぎわ》に陣取って、改札口を見張ることだってできる。

ところがまだコーヒーショップは開店していなかった。

稔はやや離れたところにマクドナルドを見つけた。

あっちにするか。

マクドナルドに入ってカウンターでコーヒーを注文する。

不思議と眠気はない。気が張っているせいかも。なにはともあれ、これで坂岡さんに一勝だ。おれがさきにいるのを見つけたら、あのひと、どんな顔するだろう。悔しがるよな。悔しがってほしい。悔しがれ、坂岡っ。

稔は機嫌よく森高の『GET SMILE』を口ずさみながら、席をさがした。知っているひとがいた。

坂岡だ。稔に気づき無愛想に「おはよう」と挨拶《あいさつ》した。

「なにしてんですか」悔しがったのは稔のほうだった。

「なにしてるって」坂岡はノートパソコンを開いていた。「仕事」

「だって、待ち合わせ七時十分でしょう。で、十分前だったら七時でしょうが。いままだ六時四十分ですよ」

「もう四十五分だよ」冷静な声で言い、キーボードをうちはじめた。「いいから、前、座りなって」

稔はしぶしぶ腰かけた。

「坂岡さんって」

「なに?」

「性格悪いですよね」

「よくひとに言われる」

「直さないんですか」

「直したらわたしでなくなるからね」

話をしているあいだも坂岡は手を休めない。

「峰崎くんは昨日、どうしてたの」

「母校の小学校へいってきました。去年、廃校になっていたんですが」

「峰崎くん、渋谷出身だよね。じゃあ、そこってもしかして」坂岡は稔の母校の名を言った。

「そうです」

「最後の卒業式をテレビでやってたの見たよ。夜中のドキュメンタリーでさ、売れなくなった俳優がレポーターやってた。そっか。あれ、峰崎くんの母校だったんだ。同窓会かなんかあったの？」

「いえ、墓参りの途中に寄ったんです」

「墓参り？」

「うちの墓、渋谷にあるんです」

「ああ」

「いったら偶然、親父《おやじ》に会ったんで、いっしょに酒呑《の》みました」

「なんかまあ」坂岡は手をとめ、稔の顔を凝視した。「有意義に暮らしてたカンジはするよ」

「坂岡さんは昨日、なにしてたんですか」

「仕事」坂岡はさらりと言った。「だけどどうしてもひとつだけやり残しちゃって、それをいま、やってるの」

「なんです？」

「恵比寿の店で新メニュー考えてくれって言われたでしょ。それのレシピ」

「日曜は旦那《だんな》さんとデートとかしなくていいんですか。なんだったら、こないだの『ホットパンツ』の制服、お返ししましょうか」

「まだ旦那じゃないわ」

そう言って坂岡が上目遣いでにらんできた。だからそんな怖い顔しなくったっていいでしょうが。

そのビルに入ってまず目を引くのは、受付横の壁にはめ込まれた大きな水槽だ。中では色とりどりの熱帯魚が優雅に泳いでいる。

受付のブースにはだれもいなかった。まだ七時前なので、受付嬢も出勤していないのだろう。水槽とブースのあいだの廊下を坂岡はずいずいと進んでいく。そしてつきあたりのエレベーターへ乗った。稔もあとを追う。

「坂岡さん」

「なに？」

「ここって南方家族ですよね」

「そうよ」

「もしかしてこれから会うのは坂岡さんの旦那さんになるひとですか」

「もしかしなくてもそうよ」

「だったらもっと融通きかなかったんですか。こんな朝早くに打ちあわせをしなくても」

「身内になるからこそ、融通とかエコ贔屓《ひいき》をしないのよ。それが彼のいいところ」

稔にはちっともいいところには思えない。

ちぃいんという音とともにドアが開いた。

「いやいやどうも」

有馬はにこやかに稔と未来の妻をむかえる。

以前に食品の展示会などで幾度か見かけていた。そのたびになにかに似ていると思っていたが、今日ようやく気づいた。

ドナルドダックだ。顔も声も歩き方までもがそうだ。ただし腰はたいへん低い。慇《いん》懃《ぎん》なドナルドダックである。

「すいませんねえ、どうも、こんな朝早くからお呼びたてしちゃって」

「あ、はあ」あくびがでそうになっていたところで、つい肯定するような返事をしてしまった。稔はすぐに「い、いえ。だいじょうぶです」と訂正した。

「ま、おかけください」

小さなテーブルがいくつか並んでいて、それぞれがパーティションで仕切られている。有馬に案内された席へ着くと、窓の外にニューヨークにあるビルを模したような建物が見える。そのむこうは新宿駅だ。

「面識はあるけど、名刺の交換はしていなかったよね」

有馬の手にはもう名刺があった。稔も慌《あわ》てて名刺をだした。となりで坂岡が「愚図」と呟《つぶや》くのが聞こえた。「名刺くらいすぐだせるよう、準備しておきなさいよ」

「す、すいません」

未来の旦那の前だから張り切っているわけではない。じつはこれまでも何回か同じことで顧客の前で叱られている。

「そういらしなさんな、チアキさん」と有馬が言った。なんだかおもしろがっているように見えた。「きみははじめてきた日、名刺を忘れてきてたよ」

「下の名前で呼ばないでください」

「なんでさ? いまさら変えようにも変えられないよ」

「そうですけど」

「じゃ、こうしよ。新担当の峰崎くんも下の名前で呼ぶことにしよう。ね、稔くん」

「あ、はい」

坂岡が横目でにらんできた。にらむ相手がちがうのではないか。

「ともかく」坂岡がバッグからいくつか資料をだした。「仕事の話しましょ」

「はいはい、わかりました」有馬がにこやかに応える。「で、考えてきてくれた? 冬鍋《なべ》フェアの企画」

「ええ、もちろん」

「そっかぁ。昨日の夜はぼくが床に就いてから、ずいぶん遅くまでパソコンかしゃかしゃいじくってたもんねえ。いやあ、感心感心」

「家ん中の話、こういうとこでしないでください」

「そんなに怒らなくたっていいじゃないの。ね、稔くん。いっしょにいてどう？　チアキさん、すぐ怒るでしょ？」

「え、あの、おふたりはもういっしょに暮らしているんですか」

ついうっかりつまらないことをきいてしまった。

「うん、そうだよ。こら、チアキさん、そんなすごい顔で稔くんのこと、にらまないの。怒ったその顔もなかなかチャーミングでいいんだけどね」

あばたもえくぼという言葉が稔の頭に浮かんだ。

「稔くん。チアキさんははじめてウチにきたときもこうだったんだ。電話でアポとってやってきて、そんとき、ぼくが応対したんだけどね。第一声が、今日は南方家族を叱りにきましたっていきなり怒りだすの。こっちはぽかんと口をあけているしかないよね。で、つぎにいまの南方家族さんのやりかたはまちがいだらけ、なんて言ってね。おもむろにスケッチブックをとりだしてさ」

「スケッチブックですか？」

「そんな余計なこと」坂岡が遮ろうとするのを、有馬は「余計なことじゃないさ」と軽くかわし、稔にむかって話をつづける。「芸人のネタで『こんな○○はいやだ』とか言って、それを自分が描いてきた絵で見せるヤツ。あれのモロパクリ。『こんな南方家族へいきたい』っていうタイトルで、『サービスが行き届いている』とか、『個室でプロポーズができる』とか、『カクテルが手軽に呑める』とか、こういうのもあったな、『女性ひとりでも安心して入れる』『子連れでもいやな顔をしない』『騒がしい客にはきちんと注意ができる』。絵も達者でねえ。あとできいた話だけど、チアキさん、高校まで漫画家目指していたんだよね」

坂岡はそっぽをむいたままだった。

「最後は『各地域にあった地元密着型のメニューがある』でスケッチブックは終わって、今度は料理の写真をつぎつぎとだしてくるわけ。あれって、何品くらいあったかなあ、チアキさん？」

「さあ、どうでしたか」

「たぶん写真だけで二十品、そのほかレシピが三十品あったかな。わが富萬食品の仕入れ商品でこれだけの新メニューができますっていうんだ。うちの食材を扱っていただければ、いまご提案したメニューのアイデア料などは発生しません、どうぞよろしくお願いしますってね。まあ、見事なプレゼンだった。あの料理、ぜんぶ自分で考えて、ぜんぶ自分でつくって、ぜんぶ自分で写真、撮ってきたんだよね。ね？　チアキさん」

「はいはい、そうです」

「なにむくれてるんだよ。むくれているきみの横顔もなかなか魅力的だけど」

今度はタデ食う虫も好きずきという言葉が浮かんだ。

「でもひとつも店のメニューに採用してくれなかったわ」

「食材は取り扱わせてもらってるでしょう。メニューに関してはね、ぼくはいいと思ったんだが、べつの部署で却下になったの。ま、それがはじまりで、富萬食品さんとつきあうようになって、ぼくもチアキさんとつきあうことになって、めでたしめでたしハッピーエンド」

有馬がぐわぐわと笑った。笑い方もドナルドダックみたいだ。

「チアキさんの営業はね、富萬食品の商品いかがでしょうどうでしょう買って買って、っていうんじゃないんだよ。まずどれだけ自分はあなたの会社のことを考えているか心配しているか思っているかってことを、強くアピールするわけ。で、つぎにはだ、この会社のためにぜひ一肌脱ぎたい、ついては我が社にこんな食材があります、これをおつかいになってみたらいかがですか、とこうくる。稔くんはもう『ホットパンツ』にいった？」

なんだ、いきなり。男はみんな『ホットパンツ』の話をしたがるものなのか。

「あ、はい。先週の木曜日に」

「あそこは以前、百軒店の雑居ビルにあったあんましぱっとしない、半分潰《つぶ》れかかったお好み焼き屋だったんだ。そこにチアキさんが営業いってさ、『こんなお好み焼き屋ならいってみたい』っていうネタ、じゃないな、プレゼンやったんだ。『店員が全員Dカップ以上、しかもピチピチのTシャツでホットパンツ』。そしたら、あそこのオーナーが、それいただきって、やりだしたら大当たり。で、いまの店舗へうつったんだ」

「そうだったんですか?」

さすがの稔も本気で驚いた。

「あれはまあ、つかみってヤツで、ウケ狙《ねら》いで言ってみただけのをオーナーが悪ノリして」坂岡は眉間にしわを寄せ、渋い表情になっていた。「昔話はもういいから、これからさきの話をしましょう」

「昔ったって、ほんの五、六年前ですよ」

坂岡はふんと鼻で笑い、こう言った。

「渋谷の五、六年前は石器時代と変わらない昔だわ」

代々木駅周辺を午前中だけで、外食産業の会社を南方家族ともう一件、それから個人経営の店舗を三件、合計五件まわった。五件目はカレーの店だった。そこへ富萬食品が卸している食材は麦だった。女性オーナーのこだわりで、彼女のために坂岡が探し求めてきたものだという。

「あのときはほんと助かったわ。これが見つからなかったら、お店はオープンしなかったかもしれないもの。坂岡さんには感謝してる。でもやめてどうなさるの？」

「お嫁さんです」坂岡は照れながらそう言った。

「まあ、そうなの。おめでと。仕事より愛をとったってことね」

「みんなには意外に思われています」

カレー店のオーナーは静かに首をふった。奇妙なお香の匂《にお》いがする店内でのその仕草は、どこか神秘的だった。「わたしには少しも意外じゃないわ。坂岡さんはいつか愛に生きるひとだと信じていました」

昼はそこでごちそうになった。たしかにおいしい麦飯だった。

午後は参宮橋駅前で一件、小田急線に乗って一駅いって代々木八幡駅周辺で二件、そこから今度は小田急線に乗らず、代々木上原駅まで歩き、途中で一件、着いてからつぎの顧客との約束の時間まで三十分あった。

坂岡はそこでマクドナルドに入り、朝の仕事のつづきをしだした。カフェの新メニューだ。ただしパソコンを開いたはいいものの、腕組みをして、うんうんうなるばかりだ。

「峰崎くんさ、他人事《ひとごと》のような顔しているけど、来月からきみの仕事になるんだよ。いっしょに考えてよ」

「でも、おれ、そういうの考えたことありませんし」

「わたしだってはじめはしたことなかったわ。南方家族へ持ち込んだのはぜんぶでっちあげだったもん」

「でっちあげ？」

「会社の食材、家に持ち帰って、くじ引きで組み合わせて、適当に蒸したり煮たり炒《いた》めたりしたの。ある意味、メニューに採用されなくてちょっとホッとしたぐらい」

「マジですか」

「マジよ。あんとき、わたし、必死だったんだ。念願の営業部に異動になったのに、仕事、うまくいかなくてさ。そりゃね、前からのひとの得意先まわってれば一日はなんとなく終わったわ。だけど、わたしはわたしの仕事をしたかった。そのためには新規開拓を、それも名の知れた会社の得意先がほしかったの。だからいろんな居酒屋チエーンとファミレスの本社にアポとってさ。会ってくれたのは南方家族だけだった。これはぜったい逃しちゃいけないって必死に考えた末のプレゼンよ」

「坂岡さんって」

「なによ」

「すごいんですね」

「うぅん。いまいち、伝わってこないんだよねえ、峰崎くんのほめ方って。ま、いいや、このあいだよりも進歩しているってことで納得しておく。で、新メニュー。ほら、なんかない？」

「そう急に言われても」

「最近、食べたものでいちばんうまいものは？」

「昨日」

「お、なになに？」と坂岡が身を乗りだしてきた。

「コンビニで買って食ったきなこ餅《もち》ですかね」

あきれられるかと思ったが、意外にも坂岡は食いついてきた。

「好きなの、きなこ餅？」

「買うつもりはなかったんですが、レジ脇《わき》にあったんで、ついうっかりこれもって買っちゃったんです。ひさしぶりに食ったからか、うまくて」

「きなこ餅ね、きなこ餅、きなこ、きなこ、餅、餅。うん、なんか、できそう」

「できるんですか？」

坂岡はパソコンのキーボードを打ちながら、「とにかくでっちあげる」と言った。

そのときテーブルに置いてあった坂岡のケータイが震えた。

「はい、もしもし。あ、はいはい。承知しております。二時間後にはお返事します。はい」

新メニューの催促だろうか。

ケータイを切った坂岡はため息をついた。

「忘れてた」

「なにをです？」

「フライヤー」

そういえば金曜日、フライヤーをつくりたいのだがどこへ発注すればいいかといってた顧客がいたっけ。

「今日中に教えてくれって言われちゃったよ。さて、どうしよっかな」

「でもいま、坂岡さん、二時間後にお返事しますって、言ってましたよ」

「相手の要求より短い時間を提示することにしているの。それと自分に枷《かせ》をはめるため」

「でも二時間後に見つかるんですか」

「わかんない。でもなんとかする」

そう言って坂岡はふたたびパソコンを打ちだした。

「あの、おれ」

「なに？」

「昔の知り合いで雑誌とかのデザインやってるヤツいるんです。そいつにきいてみましょうか？　ずいぶん前の友達なんでつながるかどうかわかんないですけども」

友達よりも深い関係だった。しばらくつきあっていたことがある。もう何年も連絡をとっていない。だがケータイにはまだ番号を保存してあった。

坂岡の手がとまった。そして顔をあげず、「恩に着るよ」と言った。

「表で、かけてきます」

「そのままつぎの顧客んとこへむかうから、鞄《かばん》もっていきな。わたしはこれ、おわらしちゃう」

着信拒否にされていないか、あるいはそうしていなくても、画面に自分の名前がでたら、相手はでずに切ってしまうのでは、と悩んだものの、思い切ってかけてみた。

わっ。でた。

「もしもし」

「ひ、ひさしぶり、ジュンちゃん」

つい昔の呼び方で言ってしまった。相手はそれを訂正もせず、「なんか用?」と物《もの》憂《う》げに訊《たず》ねてきた。

「あ、う、あ」

「なに?」

「いや、あの、でると思ってなかったんで」

「じゃ、なんでかけてきたのよ」

まあ、そうなんだが。

「あのさ」稔は事情を話した。「前にどっかのライブハウスのチラシとかつくってたじゃん」

「十年も昔のことよ」

そうか。あれから十年経《た》つのか。

「そういうのはグーグルとかで検索すれば一発だと思うけど」

「出先ですっごい急いでるんだ」

そう言ってから、それがとても言い訳めいているようで、稔は額に汗をにじませた。

「ま、いいわ。で、どんなのつくりたいの?」

「ど、どんなのって」

ため息をつかれてしまった。

「どんな大きさの、どんなカタチの、色は何色で部数はどんだけで、どういう用途で、いくらぐらいの予算でフライヤーをつくりたいのっていうこと」

「あ、うん。そ、それはあの、よくわからない」

またため息だ。

「それによって紹介する会社もちがってくるわ。本格的な印刷所がいいのか、フライヤー専門でやっているところもあるし、町中の名刺屋さんみたいなとこもある」

「ぜんぶ教えてくれよ」

「くれよって、なにそれ?」

「教えてください。お願いします」

稔はケータイを肩とあごではさみ、鞄からシステム手帳をとりだした。金曜日の坂岡と同じだ。なんだ、器用じゃなくともできるもんだな。

電話のむこうのひとは、五つの会社の名前と電話番号を教えてくれた。デザインまでやってくれるのはここ、安くて早いのがここ、少々値が張るけど仕上がりがきれいなのはここ、などとそれぞれの特徴もだ。システム手帳を鞄に戻して、「恩に着るよ」と礼を言った。

「着なくて結構」

つれないものだ。ここで切ってもよかったが、「いま、どうしてるの？」などと訊ねてしまった。

「昔のカレシと電話をしている」

「そうじゃなくて、相変わらずデザイナー？」

「一回独立してけっこう派手にやってたんだけど、それがうまいことといかなくて、いまは元いた事務所でお世話んなってる」

派手にやっていた頃の記事を、デザイン関係の雑誌で目にしたことがある。彼女は美しさも凄《すご》みも増していた。

電話のむこうで彼女を名字で呼んでいる。男だ。

ゴミヤさん、いま昔のカレシと電話中でぇす、と若い女の子の声もした。

カ、カ、カレシ？　と男が悲鳴に近い声をあげていた。
「ごめん、もう切っていい？」

彼女には彼女の生活がある。仲間がいる。

「忙しいとこ悪かった。じゃ」

「まだ渋谷は鬼門なの」

「もうちがうけど」

「今度、代官山で個展やるんだ。くる？」

「あ、いや」

「ごめん。やっぱこなくていい」

電話が切れてから、稔はケータイをぼんやり眺めていた。未練などない。お互いよく話し合って別れた。稔はすぐべつの女とつきあいだした。その女とは三ヶ月で別れた。

ひさしぶりに切ない気持ちになった。

稔はケータイを八時半の女のムービーに切り替えた。

十五秒の至福だ。

「どう？」マクドナルドから坂岡がでてきた。慌《あわ》ててムービーを消し、「ばっちりです」と稔は答えた。

「んじゃ、いま、顧客の番号を教えるから、そこへかけて教えてあげて」

歩きだした坂岡は電話番号をそらで言った。稔はそのとおりにケータイの番号を親指でうち、いったん保存してから、「坂岡さんはここの店のひとがどんなフライヤーつくりたいか、具体的に話をきいてましたっけ？」と訊ねた。

「具体的って？」

「どんな大きさの、どんなカタチの、色は何色で部数はどんだけで、どういう用途で、いくらぐらいの予算かってことです」

坂岡の眉《まゆ》がぴくりと動いた。

「そこまで詳しくはきいてない」

「そのちがいによって紹介する会社もちがってくるんですが」

大通りを渡るところで信号が赤になり、坂岡と稔は立ち止まった。

「それも先方にきいてみて。たぶんあっちはそこまで考えていないと思う。もしなんだったら、相談のってあげてくれる？」

「わかりました」

信号が青になった。歩きながら稔はさきほど保存した番号へかけ、ケータイを耳につけた。いけね、システム手帳ださなきゃ。歩きながら、ケータイをあごと肩ではさみ、鞄を開いたところで、相手がでてしまった。

「お世話になりますぅ、富萬食品の峰崎と申します。ええ、先日伺いました、坂岡の後任の。はい」

手帳手帳。よし、でてきた。鞄をどうしようかと思っていると、坂岡が手をだしたので、すいません、と声にならない声で礼を言って渡した。

「はい。さきほど坂岡にお電話いただきまして。ええ、そうです。フライヤーの件です。で、ですね、まずどういうものをおつくりになりたいかお伺いしたいのですが」

代々木上原から笹塚《ささづか》へむかいつつ、個人経営の店三軒(西洋居酒屋と創作和風レストランとピザ専門店)に立ち寄り、京王線の笹塚駅を抜けて、甲州街道を渡って、さらに商店街に入っていった。

米屋に魚屋、酒屋に靴屋、洋品店、八百屋に電器屋、寿司《すし》屋、中華料理店にトンカツ屋。手作りのせんべい屋もある。個人経営の店が狭い道の両脇にずらりと立ち並び、チェーン店があっても、町の風情《ふぜい》を乱す事なく、じょうずにとけこんでいた。

稔の住んでいた町は、でていった二十年前ですらもうこうではなかった。『ミネザキパン』をはじめ、個人経営の店はビルの狭間に点在するだけだった。

「渋谷にもまだこういうとこってあるんですねえ」

「え、なにが?」

さきをいく坂岡がふりむきもせずに言う。

「ですからこういう商店街」

「これまで歩いてきたとこもちょこちょこあったでしょ。こないだの千駄ヶ谷もそうだったし」

「そうですけども」

「同じ甲州街道沿いだったら幡ヶ谷のほうもこうだよ。渋谷はこういうとこ多いよ。広尾なんかもそう。今度ネットで確認してみなよ。商店街のホームページもたくさんあるから。みんながんばっているよ」

やがて坂岡はケーキ屋へ入っていった。「坂岡さん、ここは?」

「おいしいのよ、ここのケーキ」

なんだ、顧客じゃないのか。よく考えれば、いや、考えずともだ、今日のノルマ十三件、ぜんぶ終わっていた。

「今日もわたし直帰するから。ここでケーキ、買って帰ろうと思って。なんで峰崎くん、ついてきたの？」

「いや、ついてきたわけじゃ」そう言いながら稔はケースの中のさまざまなケーキが気になった。「どれ、うまいんですか」

「買ってくの？」

「夕食がわりに会社で食います」

「変わっているね、きみは」

「坂岡さんほどじゃないですよ」

「わたしはふつうよ。あ、すいません」坂岡は店員に声をかけ、バナナタルトにフォレ・なんちゃらを一個ずつ注文した。「それにこれも」と『笹塚ポテト』の名が入ったお菓子を三つつまんで、店員に渡した。

「けっこうたくさん買うんですね。有馬さんとお食べになるんですか」

「彼は甘いもん駄目だもん」

「じゃ、ぜんぶ自分で？」

稔がそう言うと坂岡は例の怖い顔でにらんできた。だからなぜにらむ。

「すいません、ぼくにもバナナタルトを。あ、それはべつの箱に。会計もべつです」

「いけない、あやうく忘れるとこだったわ。これ」坂岡はもう怖い顔をしていなかった。バッグからいつものようにファイルにはさんだ地図のコピーをだしている。「明日のコース」

稔はそれを受け取ってから、「坂岡さん、これ、家でつくっているんですよね」とたしかめるように言った。

「うん？　まあ、そうだけど」

「大変じゃありませんか？」

「日課だからねえ。面倒っちゃ面倒だけど大変ってほどではない」

「いつまでのつくってます？」

「いつまでって、いま渡した明日のまでしかつくってないよ」

「明後日のはおれがつくっていいですか？」

「きみが？」

「だってほら、あと二週間でおれひとりでやらなきゃいけないんだし。だったら早いうちから、やらしてくださいよ」

店員が、おさきに会計よろしいですか、と声をかけてきた。お金を払ったあと、「そいじゃ、ま、やってもらおっかな」と坂岡が言った。

「いいですか？」

「それについてどっかで軽く打ちあわせしよ」

「椎名さん、なにしているんです?」

会社には九時過ぎに戻った。小野寺はおらず、椎名が珍しく残業をしていた。

「まだ異動していないはずなのに、異動先の課で働きだしちゃった、身勝手な部下の尻拭《しりぬぐ》い」

「それ、もしかしておれのことですか」

「もしかしなくてもそう」

「だって椎名さんがそれでいいって小野寺課長や坂岡さんに言ったんでしょう?」

「言ったよぉ。でもさ、おまえは満足に仕事ができないボンクラ部下だし、さして仕事量はないと思っていたんだよぉ。ところがふた開けてみたら、けっこうたくさんあるんだもん。ねえ、おまえ、こんなにたくさん仕事してた? ね? 顧客の半分くらいじつはウソッコなんじゃないの? ね?」

「ウソッコのはずないでしょう。そこそこやってたんですよ、おれは」

「ちえっ。あぁあ」椎名は座ったままで背伸びをした。「もうやんなってきたよぉ。今日、人事にいって、ひとり欠けるのはやっぱり大変なんで、だれかひとりまわしてくれってお願いしにいったら、できませんってつれない返事もらってきちゃったよぉ。来年四月には新人いれてやるからそれまで我慢しろだと。新人入ってきてもさぁ、いろいろ教えてとりあえずひとりで動けるようになるまで、一年はかかるじゃん。そうすっとあと一年半はこんな状態がつづくってことよ。あぁぁぁ、いやだいやだ」

「いまはなにやっているんです？　おれ、手伝いますよ」

「手伝うじゃねえよ、おまえの仕事だっつうの」

「すいません」

「ま、ともかく」椎名は上を指さした。「一服しにいくか」

夜の屋上は真っ暗かと思ったがそうでもなかった。街の灯りのおかげで、お互いの顔がわかる程度には明るい。

「夜んなっても暑いなあ」椎名がぼやくように言った。

「でもまあ、昼に比べればだいぶ楽ですよ」

「おまえ、一日中、外回りだったんだもんな。けっこう歩かされるだろ。坂岡女史といると」

「金曜は千駄ヶ谷から恵比寿まで、今日は代々木一帯をうろうろと」

「営業は足で稼ぐものですって、昔、いってたことあるからな、坂岡女史。おまえは刑事かっつうの」

そう言って煙草《たばこ》を吸う椎名こそ、テレビドラマの刑事のようだった。

「あっ、そういえば」

「なに？」

「坂岡さん、妊娠していないって」

「え？　なに、おまえ。それ、本人に確認したの？」

「はあ、まあ」

「いやらしい」

なんでだ。

しばらく男ふたり、黙って並んで煙草を吸っていた。

「で、どう？　できそう？」

「なにがです？」

「渋谷の担当。できなきゃ、おれ、人事にかけあってやってもいいぜ」

「なんとかやってみます」

「らしくないよぉ」

「は？」

「やってみますだなんて、おまえが言っちゃ駄目だよぉ。いまいちやる気のない、イエスでもノーでもないどっちつかずの、はあ、とか、まあ、とか適当な返事してくれないとこっちの調子狂っちゃうよ。暑さのせいでどうかしちゃったの？」

暑さのせいではない。

そのとき、となりのビルの屋上に人影が現れた。

「あれ？　あれは」椎名がじっと目をこらす。稔もだ。

はっきり顔は見えない。でもいつもの彼女であることはわかる。

椎名が腕時計を見てぼそりと呟《つぶや》いた。「ちょうど八時半だ」

「こんばんはぁ」八時半の女が声を張りあげ、あいさつをしてきた。バットは持っていない。代わりになにか持っているのがわかるのだが、夜の闇《やみ》のせいでいまいちよく見えない。

「どうしたのぉ？　夜になんか珍しいじゃないのぉ」と椎名が訊《たず》ねた。いきなり大声をだしたせいでむせている。

「会社の窓からおふたりがいるの見つけて、駆け上がってきたんですよぉ」

八時半の女は朝とちがって声の調子がおかしい。アルコールが入っているのではないか。足下がふらついているようにも見える。

「まだ仕事してたのぉ？」椎名が重ねてきいた。今度はむせなかった。

「はい、そうですぅ。明日からお盆休みとって田舎帰るんで、今日中にいろいろ終わらせなきゃいけないんです」

「ユリちゃん、もしかしてお酒呑《の》んでるぅ？」

ん？　いま、椎名さん、八時半の女のこと、ユリちゃんって呼んだぞ。

「あ、ばれちゃいましたぁ？　缶一本だけですよぉ。会社にお中元の残りがあったんで、それを呑んじゃいました。だってもう会社にいるの、あたしだけなんですよぉ。仕事しつつ、ちびちびとです。それでですね」と彼女は両手を挙げた。缶らしきものを持っている。「お裾《すそ》分《わ》けですぅ。いいですかぁ、いきますよぉ。まず一本目ぇ。アサヒ本生ですぅ」

「おい、まさか」と椎名。

「投げるみたいですよ」稔は答え、煙草をくわえて駆け足で前進した。

「せぇぇの、ほぉぉいっ」

缶が宙を舞った。二つのビルのあいだをくるくる回転して飛んでくる。稔はそれをどうにか両手で捕った。

「ナイスキャッチィィ、峰崎さぁぁぁん。お見事ですぅ。つぎ、椎名さん、いきますよぉ」

「え、おれも?」

「もちろんですよ。はい、檀《だん》れいのCMでおなじみサントリー、金麦。ほぉぉぉい」

「お、おいおいおいおい」

椎名はよろよろ走ってきた。煙草は口にも手にもなかった。あと一歩遅ければ捕り損ねていただろうところを、なんとか右手でとらえ、からだを一回転させた。

「ドンマイドンマイ」

むこうのビルで八時半の女がはしゃいでいる。

「ドンマイじゃないよ、ユリちゃん」椎名はゆらりと立ち上がり、金麦を掲げた。

「とりましたよ、ちゃんと」

またただ。またユリちゃんと言ったぞ。いや、その前に八時半の女はおれと椎名さんの名前を呼んでいる。これまでお互い、自己紹介なんかしたことないのに。

「すっごぉぉい、椎名さん。尊敬しちゃいますぅ」

「どういたしましてぇ」椎名はまんざらでもないようだ。そして調子づいてビールの蓋《ふた》を開けえらいことになっていた。泡がふきこぼれ、あたりに飛び散ったのだ。

「うわわわ」

あんだけくるくるまわっていたのだから、そうなるのは当然だ。

「あははは、ドンマイドンマイ、椎名さん」

八時半の女が陽気に笑う。清々《すがすが》しく明るい笑い声だ。

「はは、ドンマイドンマイ」

「椎名さん」と稔は上司の肩をつついた。

「うん、なに？」

「名前」

「あん？」椎名はうぐうぐ金麦を呑みだした。まったくこのひとは。

「どうして彼女の名前、知ってるんです？」

「そりゃきいたからだよ」

「いつきいたんです？」

「なんだよ、なに怒ってるの？」

「べつに怒っていませんよ」

「おまえって怒ってるかどうか判断しづらいんだよ、表情がいつもおんなじだからさ。

もうちょっと顔に変化つけてよ。ね？　それ無理だったらさ、喜怒哀楽のそれぞれ一文字書いた札もってさ、喜んでるときは『喜』、怒ってるときは『怒』っていうふうに掲げてくれると助かるんだけど」

なんだそりゃ。

「どうしたんですぅ？」八時半の女がきいてきた。

「あ、ユリちゃん、うちの峰崎が怒ってるみたいなんだよ。昼間も話したとおり、表情が乏しいヤツなんで、はっきりしないんだけどもね。自分がいないときに、おれとユリちゃんがなかよくなったこと、おもしろくないみたい」

「昼間って」

「あ、そうだ。椎名さん、今日はランチ、ごちそうさまでしたぁ」と八時半の女が礼を言う。

「ランチをいっしょに食べたんですか？」

「うん、そう。ユリちゃんのいるとこって地質調査の会社だって知ってた？　株式会社ホリマッセ。彼女自身はとくに資格をもってないんだけど、ひとの仕事手伝いながら、勉強しているんだって。えらいと思わない？　あれ？　怒ってるの、おまえ。ね、怒ってる？」

「怒ってませんよ」

「そんなことで怒らないでくださいよぉ、峰崎さぁぁん。あたし、峰崎さんともなかよくしてあげますからぁ」

「なかよくしてくれるって。よかったなあ、おまえ」椎名はまた金麦を呑んだ。「ユリちゃん、これ、冷えてないよぉ」

「冷やしてませんもぉん」

「なぁんだ、じゃあ、しようがないねえ。ははは」

「じゃ、あたし、仕事残っているんで。失礼しまぁす」

「コンユリさん」

椎名と稔もフロアに戻って仕事をしだした。はじめて五分もしないうちに、椎名がそう言った。

「え?」

「今、優しい里で今優里さん。八時半の女の名前だよ」

「あ、ああ」

「二十五歳」

「歳《とし》きいたんですか」

「女性に対してそんなことしないさ。彼女が自分で言ったの」

「なんで優里ちゃんとか呼んでいるんです？」

「名前きいてすぐにね、今さんって名字で呼んでたらさ、友達はみんな優里ちゃんって呼びますからそう呼んでくださいって言われたの」

「はあ」

「だからおまえも優里ちゃんって呼んでいいからさ」

なんでその許諾をあなたがする。そう思いつつ、稔は仕事をつづけた。明後日、まわる予定の店や会社へメールを送っている。それが終わったら、椎名がいまやっている、本来、自分のだった仕事をするつもりだ。

「優里ちゃんがどうして毎朝、素振りしているか、知りたい？」

「とくには」

「知りたいでしょう？　教えてやるよ。最近、優里ちゃんの会社、ホリマッセに草野球チームができてね。彼女、頭数そろえるために無理矢理、いれられちゃったんだって。でも入ったからにはヒットの一本でも打ちたいってがんばってるそうだよ。えらいよねえ。試合にはね、まだでたことないらしいんだけども。うちの会社もつくろっか。草野球チーム」

「はあ」

「ねえ、峰崎くぅぅん」

「なんですか、もう」

「怒ってる？　やっぱ、あれ？　おれが優里ちゃんとランチ食べたのがそんなに気にいらない？　ね？　ね？」

「そんなんで怒りませんよ」

ほんとうはちょっと怒っていた。だがそんなことで怒るおれもおれだという点でも怒っていた。

またしばらくしてから、「おまえ、優里ちゃんからもらったビールは？」と椎名が質問してくる。

「給湯室の冷蔵庫に冷やしてあります。呑みますか？」

「いや、とくにほしいってわけでもないんだ」

だがそれから十秒後には「やっぱ、ビールもらっていい？」と言って、稔の返事をまたずにフロアをでていってしまった。

やれやれ。

椎名はすぐに戻ってきた。

「冷蔵庫ん中にケーキがあったぞ。あれ、だれんだろ」

「おれんですよ。さっき笹塚で買ってきたんです」

「うちの顧客の店？」

「いえ、坂岡さんのいきつけの店です」

「ああ、そうなんだ。で、あのケーキはうちにだれかさんがいて、そのひとへのお土産だったりするの？」

「おれの夕飯です」

椎名はうぐうぐうぐ喉《のど》を鳴らして、缶ビールを呑んでから「おまえも変わったヤツだな」と言った。

あんたには言われたくない。

「もしよかったらどうぞ」

「ビール呑んじゃってるもん、無理だよ」と椎名は机に缶を置き、面倒くさそうに席に着いた。

「おれ、手ぇあきましたんで、椎名さんがやってるの、こっちまわしてください」

「あ、そう。じゃ、これとこれとこれ。あとこれとこれと、これもやってもらおっかな」椎名はかちかちマウスを押している。「おまえ宛《あて》のメールに添付して送るからっづきやって。簡単な見積もりだから」

稔は椎名から送られてきたメールを受信した。開いて添付されてきた書類をデスクトップにコピーしていく。作業中、受信したメールが椎名のだけでないことに気づいた。どうせスパムメールだろうとゴミ箱へ捨てるつもりが、差出人の名前を見て、稔は手をとめた。

今優里とある。

このオッサンのつまらないいたずらか。

椎名は缶ビールを呑み干していた。

「あの」

「どうした？　なんか不具合あったか？」

「あ、いえ。あの、彼女からメールが」

「カノジョ？　なに、おまえ、カノジョいたの？　それをおれに自慢しようと」

「ちがいますよ。彼女って、その、今優里さんですよ」

「メールが？　おまえのところに？」

それから椎名は自分のパソコンをいじくりだした。

「おれんとこにはきてない。ランチのとき、おれの名刺を渡しているから、おれのはわかっていても、おまえのは知らないはずなのに」

椎名は本気でムッとしている。このひとのいたずらではなさそうだ。

ひとまず稔は今優里からのメールを開いた。

そこにはこうあった。

〈さっきはどうも。で、突然なんですけど、峰崎さんって映画とか観《み》ます？　ひとからもらったチケットがあるんですけど、よろしければごいっしょにいかがでしょう。場所は渋谷です。ご承諾いただければケータイの番号かメアドをお教えください〉

「あ、あああああ」

背後で悲鳴に似た声があがった。椎名だ。いつ、うしろに立ってたんだ？

「ず、ずるい、なんで、おまえ、誘われてるの？　映画に。しかも渋谷。場所は渋谷。五時に会うのか」

うるさくてしようがない。

「知りませんよ」

「シリマセンヨ。なんだ、その、すっげえ余裕のある言い方。許せない、ぜったい許せないっ。きぃぃぃぃ。おまえのケーキ、食ってやるっ！」

そして椎名はばたばた走ってフロアをでていった。しばらくして給湯室のほうから、

「うめぇえ、このケェエキィィ」と声があがった。
あなたのほうが変わっているって。
稔はそう思いつつ、今優里に返事をうった。

7

坂岡との外回りは月曜日の十三件が最高で、その後は一日十件程度だった。
おれがつくっていいですか、と申しでて、コースづくりをやってはいるものの、結局のところは坂岡との共同作業になる。今度は原宿から表参道を攻めるか、と彼女が言うと、そのあたりの顧客を稔がリストアップする。それを坂岡が確認し、ここところはこの日は休業、ここはいく必要なし、ここはつぶれた、ここはぜったい午前中にきてくれって言われる、ここは閉店後、とチェックをいれる。まわるべき顧客が決まると、つぎに稔が住所を頼りに地図へ印をつける。どう歩けば時間の無駄なくまわれるかを考え、番号をうち、時間も書き添える。それを坂岡が見る。この店、午前中だって言ったじゃん、やり直し、と突き返され、それを三度ほど繰り返し、決まったら今度は顧客へ電話とメールだ。即決したいので電話がいいのだが、メールじゃないと困るという顧客だっている。そうこうしてどうにかコースが決定する。

「わたしひとりでやれば、時間が三分の一ですむわ」

坂岡は文句を言いつつも稔にやらせる。その日のコースが終わってからでは時間がかかるので、移動の途中でマクドナルドに入って打ちあわせをし、電話やメールは歩きながらした。

そんなとき、となりを歩いていたはずの坂岡が突然、消えた。あたりを見まわすと、後方でお稲荷《いなり》さんなどにお辞儀をしている。けっこう頻繁《ひんぱん》なので、以前、彼女が言ったように渋谷には神社仏閣が多いのだろう。

これもつきあいだと思って、いっしょにお辞儀をしたら、いつものすごい顔でにらまれた。

「ふざけ半分でしないで」

そんな怒らなくたっていいじゃん。

それでも稔はできるだけするよう、心がけた。坂岡もやがて文句を言わなくなった。

外回り以外にも仕事はあった。顧客からの注文を受け、見積もり、発注、請求、やることは山ほどある。

それとはまたべつに稔は渋谷の顧客に関する資料作りもはじめた。顧客の店や会社のホームページがあれば、それをプリントアウトする。ないところはパソコンで検索して、店の評判などをチェックしたり、坂岡から情報を仕入れてメモ書きしたりする。持ち歩く資料は日を追うごとに多くなっていった。会社のノートパソコンも持ち歩くようになり、鞄《かばん》はぱんぱんになった。

ついには金曜日の午後、坂岡に「鞄、新しく買い替えたら?」と注意された。「いくらモノが入りきらないからって、チャック開けっ放しはまずいでしょ」

「明日にでも買います」

明日は今優里と渋谷でデートだ。その前に買おうか、それともいっしょに買おうか、いっそのこと選んでもらおうか。

「いまここで買っちゃいなよ」と坂岡が指さしたのは表参道ヒルズだった。「わたし、選んでやるからさ」

「いやです」

今優里と鞄を選んでいる甘い妄想を打ち砕かれることを言われ、稔は拒絶したものの、坂岡はさっさと表参道ヒルズの中へ入っていってしまった。

「わたしの旦那《だんな》になるひとの誕生日にここで鞄、買ってあげたんだ」

坂岡のすすめる鞄は十五万八千円もした。

「こんな高いの」

「彼のより安いわよ」

「ですけど」

「ずっとつかうもんだからこれぐらいがいいんだって」

「家賃とこの鞄で今月分の給料、なくなります」

「それだけ働こうって気になるわ。ほら、買ってきな」

「現金ないですし」

「カードつかえばいいじゃん。早くしないとつぎの顧客んとこ、遅刻するよ」

そのあと、表参道の脇《わき》を入る細い歩道の隅で、古い鞄の荷物を十五万八千円の鞄に移し替えた。

「なんか、あれだね」手伝いながら坂岡がくすくす笑った。「万引きしてきたブツを品定めしているみたい」

どういう比喩《ひゆ》なんだ。

「坂岡さん、万引きしたことあるんですか？」

もしかしたらすごい顔でにらまれるかもと思いつつ、訊《たず》ねてみた。しかし坂岡はにこやかな表情のまま、「ああ、高校まではわたし、悪かったからね」と答えた。

「悪かったってどのくらいです?」

「地元じゃそっち方面で名が知れてた」

そっち方面って。

「東京でてきた頃にもまだちょくちょく」

「してたんですか」

「渋谷の漫画専門店で補導された。田舎から親がきて、あやうく東京から引き戻されそうになって、で、やめた。ひとりでやってもつまんなかったしね。その店ももうなくなっちゃったなあ。詰め替え終わった?」

「あ、はい」

新しい鞄を肩からかついだ。ぺしゃんこになった前の手提げも、今日一日は持って歩かねばならない。

「なかなかあってるよ」

ほめられれば気持ちはいい。

「そうですか」

「鞄のほうがえらそうだけど」

その印象は自分自身でも否《いな》めなかった。

「じゃ、いこっか」

「あの」

「なに？」

「どんな漫画、万引きしたんですか？」

坂岡がすごい顔でにらんできた。

あんたの怒りのバロメーターがわかんないです、おれ。

金曜日最後の店は、表参道のワインバーだった。木製の扉を開くと、中はずいぶんと賑《にぎ》わっていた。もう七時半である。

「ハァイ、チアキィ」

接客をしていたウェイターが坂岡に気づき、手をふってきた。金髪の白人だ。歳は四十ぐらいだろうか。稔はよその国のひとと交流がないので、そのあたりはさだかではない。

「どちらの国の人ですか？」稔は小声で坂岡に訊ねた。

「イタリア。名前はシモーネ。ここのオーナー」

シモーネは接客を他の人間に任せ、坂岡のほうへ両手を広げ、近づいてきた。そのままハグでもしそうな勢いのところを、坂岡が両手を前にだして、「ストップ、シモーネ」ととめた。

「おぉ、どうしてですかぁ、チアキィ」

「わたしはハグが苦手だって何度も言ってるでしょ」

やはりシモーネはハグするつもりだったらしい。

「そんなことでは国際人になれませんよ、チアキ」

「なるつもりないわ」

「チアキはツレないねえ。でもぼくはそこに東洋の神秘を感じるけれどもね」

そう言いつつ、シモーネは坂岡の横に立ち、今度は肩を抱こうとした。すると坂岡はするりとうしろへ抜けた。

「ツレなくてすいません。ともかく早いところ、打ちあわせしましょ」

「はいはい、わかりました」そのときになってようやくシモーネは稔に気づいた。

「彼がチアキのフィアンセ？」

「ちがいます。っていうか、わたしが結婚する話、どこで聞きつけたの？」

「『ホットパンツ』のオーナーからメールが届いています。これでまたわたしは婚期を逃しました。最愛のひとが他の男と結婚してしまうんですからね」とシモーネは天を仰いだ。「おぉ、神よ、あなたはなにゆえにこれほどまで残酷な仕打ちをなさるのです」

「いいから打ちあわせ。ここで立ち話しているとお客さんに迷惑よ」

「はいはい、わかりました」シモーネはふたたびそう言い、「で、彼は何者？」と稔を指さした。

シモーネの店をでたのは九時をまわっていた。

「だいじょうぶ？　峰崎くん」

あまりだいじょうぶではない。世界がぐるぐるまわっていた。それでも「だ、だいじょうぶです」と答えた。

個室に通され、打ちあわせのあと、ワインがだされた。シモーネにイタリアの南の方のなんたら地方の何年ものなどと説明してもらったが、さっぱりわからないまま呑んでいった。きみはけっこういける口なんだねえ、とシモーネが別のワインも勧めてくるので、つい調子に乗って何杯もいただいてしまった。結果、これである。

「わたし、直帰するわ」

「了解しました。おれは会社戻りますんで、小野寺さんに伝えておきます」

「峰崎くんも直帰でいいよ。小野寺さんにはさっき電話しておいた」

「さっきって」

「きみがトイレでゲロってたとき」

稔はげっぷをしてから「どうしておれがゲロってたってわかったんです？」とたずねた。

「戻ってきたらゲロ臭かったもん。いまもそう」

「す、すいません」

「トイレ、汚してないでしょうね」

「その点はだいじょうぶです。きちんと便器に頭突っ込んで」

「説明しなくていい。足がふらついているよ。肩、貸そうか」

「滅相もございません。これから人妻になろうというひとに甘えるわけにはいきません」

「だったらいいけど」

「なんかあれっすね、チアキさん。あ、いま酔っぱらっているんで、敢《あ》えてチアキさんと呼ばせてもらいますが」

「なんで敢えてよ」

「ま、いいじゃないですか。チアキさんは凄《すご》いですね」

「え？」

「顧客んとこ、どこいってもチアキチアキって、すげえ人気者じゃないですか。シモーネだってベタ惚《ぼ》れだった」

「七年やっていればだれだってそうなるわ」

「なりませんよぉ。おれなんか、たまに顧客んとこいってもなにしにきたんだって顔されるだけですから」

「たまに、だからでしょ。しょっちゅういけばちがうわよ」

そうだ。そのとおりだ。五年、営業やっててなんでそこに気づかなかったんだろ。

「チアキさん」

「あんまり近づかないで。ゲロ臭いから。で、なに？」

「おれね、渋谷の担当、無理じゃねえかなと思ってたんですよ。チアキさんのあと引き継ぐなんて、マジできるのかなって。正直言えばいまでも心配でなりません」

「わたしも心配だよ」

「やっぱそうですか。そうですよね、おれ、仕事できませんもんね。国立大でてるのに。だけどね、おれ、やりますよ。はじめのうちはね、チアキさんの半分もできないかもしれません。いや、もっとだな、三分の一。いや、四分の一。いやいや、十分の一。でもね、すっげえ一生懸命働いて、チアキさんのこと」

表参道駅に着いていた。改札口を抜けようというところで、稔はしゃべるのをとめて、口を右手で押さえた。

「どうしたの？」

「さき帰っていただいていいので」

稔は早口で答え、トイレの表示をさがした。見つけるとすぐさま駆けこみ、個室に入って、便器へ頭を突っこんで、胃の中のものをすべてぶちまけた。

なにやってんだか、おれは。

トイレをでたところでケータイが震えた。見慣れない番号にだれからだと思いつつでると、「そちら峰崎稔さんのケータイでしょうか？」と莫迦《ばか》丁寧な口調でしゃべるひとがでた。

「アメさん？」

「おお、稔？　よかったぁ。はじめてかける電話って、おとなになってからも緊張するよなあ」

そうだろうか。

「稔、いまどこ？」

「表参道の駅にいる」

「仕事中？」

「いま終わった」

「最後の卒業式のビデオができてきたんだ。それ、渡そうかと思ってね。もしよかったら、これから呑みいかない？」

「呑むのはちょっと」胃をさすりながら、稔は答える。

「じゃあ、食事は？」

「だったら、まあ」

「じつはその」アメさんがなにか言ったが、はっきり聞き取れなかった。電波の調子が悪いのかと思ったがそうではない。相手の声がひときわ小さくなったのだ。

「なに？ もうちょっと大きな声で言ってよ」

「あ、うん」アメさんはけほんと咳《せき》をしてから「『ホットパンツ』連れていってくれない？」と言った。

やれやれ。

「え？ すぐ入れないの？」

『ホットパンツ』の前でアメさんが大声をあげた。順番待ちで並んでいる客がいっせいに彼を見る。

「二時間待ちで、入ってすぐオーダーストップになりますって言われたよ。どうする？」

「稔はここのオーナーと知り合いなんだろ？」

「知り合いとは言ってないさ。仕事相手。しかもこないだ、引き継ぎではじめて会ったから、まだそう親しいわけじゃない」

「なぁんだ、そうだったのかぁ」アメさんは照れ笑いに似た表情を浮かべていた。

「ぼくはもうてっきり顔パスで入れるんだと思ってた」

とんだ誤解をされたものだ。それでも稔は「ごめん」とあやまった。

「あ、いいんだ。ぼくの早とちりだもん」そう言いつつ、アメさんはなごり惜しそうに『ホットパンツ』の看板を見あげる。

「入り口でこの店のグッズ売っているんだ。もしなんだったら、Tシャツ買ってって、くるみちゃんに着せてみたら？」

アメさんの顔が険しくなった。

「それのなにがおもしろいっていうの?」

そう怒らないでも。

「あぁあ。ぼく、この一週間、『ホットパンツ』へいけるっていうことだけを心の支えに、仕事がんばってきたのになぁ」

そう言うアメさんは会社帰りのスーツ姿だった。

「今度はきちんと予約しとくよ」

「今度? 今度っていつ?」

そんな急《せ》かすように言わなくっても。

「週末はやっぱ混むらしいから、どうだろ、来週の木曜日。時間はいまぐらいで」

「ぜったいだからね」

ほとんど子供のような口調のアメさんに「ぜったいだよ」と稔は約束した。「で、今日はどうする?」

アメさんは鼻の頭をかきながら、「じゃあ、ぼくのいきつけにいこうか」と歩きだした。

円山町の通りをスーツ姿の男がふたり並んで歩くのは、みっともいいものではなかった。しかもアメさんときたら、カップルとすれちがうと、「こんちくしょうめっ」と吐き捨てるように言ったりする。

「よせって。男のほうがにらんでたぞ」

「だいじょうぶだよ。これから楽しいことがあるのに、わざわざ喧嘩《けんか》するやつなんかいない」

途中、神社があった。稔は立ち止まりはしなかったものの、そちらにむかって軽く会釈《えしゃく》した。

「しりあいでもいた？」

「いや、べつに」

アメさんは百軒店の雑居ビルへ入っていった。キャバクラへでも連れていかれるのかと思ったが、そうではなかった。

「ここ」ビル内にはスナックが何軒か並んでおり、そのうちの一軒の前にアメさんは立った。「オヤジの代からの常連なんだ」

アメさんがドアを開くと、「おかえりなさぁい、ジュニア」と店内から声がした。のぞくとカウンターの中に稔の母親か、それ以上の歳《とし》と思われる着物姿の女性がいる。

「ただいまぁ」

そう返事したアメさんは、カウンターに座った。というかカウンターしかなく、椅《い》子《す》の数も十なかった。稔は彼のとなりに腰をおろす。

隅で男性客がひとり、まずそうにウィスキーの水割りらしきものを呑《の》んでいた。

「ひさしぶりね、ジュニア」着物姿の女性がおしぼりをだしてきた。

「おとついきたよ」とアメさんがそれを受けとり答える。

「そうだったかしら。駄目ね、あたし、もうすっかりオバアチャンだから」

「そうだね」

「そうだねってひどいわ、ジュニア」着物姿の女性は大声で笑った。「そういうときは、そんなことないですよとか言うものよぉ。で、こちらのいい男はお友達?」

「小学校んときの同級生」アメさんは短く答えた。「ママ、『ミネザキパン』っておぼえてる?」

「ああ。あの小学校の近くにあった」

「あそこの子」

「まあ、ミネザキジュニア?」

「はあ、まあ」と稔はうなずいた。

「ジュニア、いつものでいい？」

「ああ。稔は？」

「酒はマジで勘弁なんだ」じつはまだ胃がむかむかしている。「烏龍茶《ウーロン》かなにか」

「忘れないうち、これ、渡しておく」

アメさんが鞄《かばん》からビデオテープをだした。背に貼《は》られたシールには『最後の卒業式』と書いてあった。

「あ、ありがと」

「ダビングしたヤツなんで返却しなくていいから」アメさんのいつものはコークハイだった。

「なつかしいもん呑んでるんだな」と稔は思わず言った。

「そうなんだよ。ひさしぶりに呑んでみたら、けっこういけてね。青春の味っていうヤツだね」

煙草《たばこ》を吸っていいかどうか訊《たず》ねる前に、ママがすでに吸っていた。稔がスーツから煙草をだすと、「一本くれない？」とアメさんがねだってきた。

「あ、ああ。いいけど、これでいいか」

「なんでもいい。口から煙がでれば。うち、小遣い制なんだ。だから煙草を買う余裕なくてね。専《もっぱ》ら、もらい煙草専門」

そう言いながら、アメさんは稔があげた煙草をうまそうに吸いだした。

「稔、まだ独身だよな？」

「ああ」

「ミネザキジュニアは独身なの？」ママが口をはさんできた。「あたしもよ。なかよくしましょうねえ」

「はあ」

「ママさん、ちょっとあっちいってて。旧交を温めているんだからさ」

「あら、ごめんなさい」

ママはいやな顔をせず、おとなしくひきさがった。

「おれさ」稔は先日、思いだした過去の記憶をたしかめることにした。「小学校の頃、アメさんに輸入盤のレコード店、連れてってもらったと思うんだけど」

「そういうこともあったかもね。同じ趣味を共有できそうなヤツ、何人か連れていってたことあるから」

なんだ、おれひとりではないのか。べつに残念がることもないのだが、おもしろくはなかった。

「そんとき、おれたちどこいったかおぼえてる？」と稔は訊ねた。

「まだ『東急ハンズ』のそばにあったころの『タワーレコード』とかじゃなかったかなあ」

「やっぱ移転したんだ」

「いまのところへは十年くらい前にうつったはずだよ。あそこ、前はおもちゃのデパートだったんだよね」

稔はおもちゃのデパートと言われてもピンとこなかった。それすらも稔がいたころにはなかったように思う。

「ハンズ近くのもっと小さい店にいかなかったかなあ。ＮＨＫへむかう坂をあがる途中の」

「『シスコ』だね。あれはまだあそこにある」

「あとどっかマンションの一室へも連れていかれたはずなんだが」

「え、あそこにも連れてった？」

「アメさんがそこの店員と話をしていたのをよくおぼえているんだけど」

「店員って、それきっと兄貴だよ。いやあ、懐《なつ》かしいなあ。あの店はぼくの音楽の原点だからね」

そう言うアメさんの目がにわかに輝きだした。

「ぼく、天才ベーシストだったんだよ」

いきなり天才を自称され、稔は戸惑った。しかもアメさんはコークハイで赤くはなっていても、真顔だ。

「このあいだも話したように、小五でベースはじめて、小六で兄貴のバンド入って、中学んときは歳《とし》ごまかして、シモキタ、新宿、渋谷ってほとんど毎晩、ライブでてたんだ」

「すごいね」

「変わらないね、稔」

「え?」

「その平坦《へいたん》な物言い」

「ご、ごめん。おれ、喜怒哀楽が下手なんだ」

「そういうの、うまい下手があるものなの」苦笑しつつアメさんは自分の話をつづけた。「学校の成績はサイテーで、親とはしょっちゅうもめてたよ。だけど兄貴が庇《かば》ってくれたおかげでバンドはずっとつづけられたんだ。兄貴としちゃあ、天才ベーシストを手放したくなかっただけなんだけど」

そこで話を途切らすと、アメさんはママにコークハイをもう一杯頼んだ。

「兄貴のバンドはぼくが高一んときに、メジャーデビューしてね」

「これよ」

コークハイよりさきにママがCDをだしてきた。モヤイ像の前で四人の男が並んでいる。その左端にアメさんがいた。どうして自分がここにいるのだろうと心細げな顔の十六歳の彼だ。

「すごいなあ」

稔としては精一杯、感情をこめて言ったつもりだが、アメさんに「もっと練習しなよ、喜怒哀楽」と言われてしまった。

「ぼくと兄貴は渋谷のど真ん中で生まれ育って、音楽やってきたから、これこそ本物のシブヤ系って売りだされたはいいんだけど、鳴かず飛ばずでさ。このアルバムも売れなくて。プロデューサーのひととうまくいかなかったっていうのもあってね。ぼくら自身、正直、納得いくものじゃなかった。世間の評価もフリッパーズ・ギターの亜流ってだけでおしまい」

稔はシブヤ系もフリッパーズ・ギターも知ってはいたが、聴いたことはなかった。

「さらにはその翌年に兄貴が大手の出版社に入社して、バンドはあっさり解散。ぼくはしばらくあちこちのバンドに参加したり、自分自身でひと募ってバンドつくったりもしたんだけど、うまいことといかなくてね。ついには高校も中退。二十歳過ぎまでけっこう荒《すさ》んだ生活をしていたんだよ。ちょうどその頃、町中でくるみにばったり会ってさ。食事誘って、つきあうようになって。それでぼくも思い直して、夜間高校通って勉強しなおして、神田にある翻訳会社に就職して結婚していまに到《いた》るってカンジさ」

英語の歌を口ずさんでいた小学生の頃のアメさんを、稔は思いだした。

「あれ？　なんでぼく、こんな話してたんだ？」

稔もよく思いだせなかった。

「このあいだ、学校へいく前にさ、『藤堂酒店』の前を通ったんだけど、ビルになってたね」

「ああ、十階建てのマンション。一階のコンビニは両親が経営してて、ぼくら家族は最上階に暮らしている。言っとくけど養子じゃないよ。いわゆるマスオさん。ぼくの家は父親が定年になったあと売り払ったんだ。両親はいま所沢で兄貴夫婦と二世帯住宅で暮らしてる。兄貴も調子よくって、その家建てるために親父《おやじ》に実家を売らせたんだ。その頃にはぼくもくるみとの結婚が決まっていたからいいけどさ、もしそうじゃなかったら、ぼく、路頭に迷うところだったよ。親や兄貴の家族と暮らすってわけにもいかなかっただろうしね」

それからアメさんは自分のバンドのアルバムをしげしげと見つめ、「この頃がぼくの人生の頂点だったなあ」と感慨深げに言った。目の輝きは見る見るうちに失われていく。

「なに言ってるんだよ。いまこそそうだろ」

稔にしては珍しく、つい励ますように言ってしまった。

「いまが?」

「すてきな奥さんとかわいい子供がいるんだし」

「ああ」うつろな返事をしてから、「煙草、もう一本、いいかな」と言うので、あげることにした。

「このあいだは悪かったな」

「なにが?」

「ルミが稔にむかって、裏切り者って」

「あんなのはべつに気にしてないよ」

「いや、そうであっても申し訳なかった」

アメさんはカウンターに額がつくほど頭をさげた。

「くるみや彼女の両親もときどき、ああいうこと言うんだ。この町をでていった人間は、みんな裏切り者だって。うちの親達には面とむかって言いはしないものの、ぼくの前じゃ平気で言うし。まいっちゃうよ。最近はさすがに冗談ぽくはなってはきたけど、どっかまだ本気なんだよな。しようがないじゃんかなあ、みんなそれぞれ事情があってでていったんだから」

稔はこのあいだの父が見せた疲れきった表情を思いだした。

「くるみの家族の気持ちもわかるよ。あの土地をぜったいひとに渡すまいってがんばってきたんだよ。ヤバめのひとがやってきて脅されたこともあったらしい。それをぜんぶ乗り越え、いまもがんばっている。たいしたもんだよ」

「アメさんもいっしょにがんばっていかなきゃいけないんだろ」

「そうなんだけど、ああは熱くなれないよ。それにさ、ルミのことも心配だもん。渋谷は子供が暮らすにはいい環境とは言えないと思うし」

「それはうちの親も言っていたよ」

「だろ？」

「『ホットパンツ』みたいなところもあるしね」

アメさんは顔をしかめた。

そのとき音楽が鳴った。アメさんのケータイだ。

「これ、ぼくらのバンドのシングルカットされた曲」

そう説明してから、画面を見て、くるみだ、と小声で呟《つぶや》き、ケータイを耳にあてた。

「もしもし。なあに？ いま、稔と呑んでるんだ。うん。そう。ちがうよ、『ホットパンツ』なんかじゃないよ。莫迦《ばか》言うなよ。ああ、わかった。帰る帰る。え？ なに？ ああ、了解。誘ってみる」

ケータイを切ったアメさんに「帰るの？」とママがからかうように訊ねた。

「ああ。明日、町内会で水泳大会があってさ、くるみが幹事なもんで準備することがたくさんあるんだ。その手伝いするんだったんだよ」アメさんはゆっくり立ちあがった。「悪いな、稔。また今度ゆっくり」

「うん、ああ、ぜひ」

「あ、それからいま、くるみに言われたんだけど、稔、神輿《みこし》かつがない？」

唐突な誘いに稔は「なにかつぐって？」と聞き返した。

「神輿だよ。わっしょいわっしょいってする、あれ」

「あ、ああ」

「興味ないか」

正直ないがここで断るのもどうかと思い、「いや。おもしろそうだね」とすら言ってしまった。

「九月に渋谷でお祭りがあって、そこで御神輿かつぐひとを募集してるんだ。こいよ。な」

「そういう経験ないんだけど」

「未経験者大歓迎だよ。まわりでそういうの好きそうなひとがいれば誘ってみてよ。ヨロシク」

最後のヨロシクはシブヤ系というよりヤザワ系だった。

8

今優里が待ち合わせ場所にしたのはハチ公でもモヤイ像でもなかった。東急東横店の西館にある花屋の前だった。店を構えているというよりも、路上に店を開いているといった装《よそお》いの花屋で、なかなかの繁盛《はんじょう》ぶりだった。

十二時半の約束だというのに稔は二十分前に着いた。

坂岡と仕事をしはじめて一週間ちょい、集合時間に早めにくる習慣が身についたから、というのも多少はあるが、ひさしぶりのデートに気合いが入ってしまったのがほんとうのところだ。

午前中、理髪店へいっちゃったし。

服も悩んだ。今優里の送ってきたメールの中に、〈普段着の峰崎さんが楽しみです〉というのがあった。そう期待されたら悩まざるを得ないだろう。

夏の普段着はアロハシャツだ。五着を着回している。しかしデートにアロハはまずいと思い、昨夜、服をぜんぶ引っ張りだした。大学時代からはもちろん、高校の頃のもあった。

いつ買ったかおぼえていない、着たおぼえもないものがけっこうでてきた。夏物のブレザーなんていうのもでてきて、白のTシャツのうえに羽織ってみた。そして姿見などないので、窓ガラスに全身をうつした。

こういう服装って、どっかで見たことあるぞ。窓ガラスににじり寄って、たしかめる。

わかった、渋カジだ。

小学生の頃、この格好のひとが渋谷を闊歩《かっぽ》していたかどうかは記憶にない。だがいまの自分の格好が渋カジなのははっきりわかった。

二時間以上の試行錯誤の末、いつものアロハでいいだろうというところに落ち着いた。この前、墓参りへ着ていった鯉《こい》の柄のである。

これで正解かどうかはわからないが、もうしかたがない。

やれやれ。三十過ぎてなにをしているのやら。

二十分はお茶をするにも半端《はんぱ》な時間だ。どこも混んでいるだろうし。煙草《たばこ》を吸いたいのだが、それは空《す》いた喫茶店をさがすよりも困難な気がした。

ここで待つことにするかと柱に寄りかかったとき、ケータイが震えた。今優里からだった。

「言い訳は着いてからします」開口一番、彼女はそう言った。「まだ新高円寺駅なんです。二十分遅刻です。すいません」

切迫した口調に、稔も緊張を強いられた。「気をつけていらしてください」とだけ言った。

「わかりました、ありがとうございます」

するとあと四十分か。さてどうしよう。

そこでふと、稔は上を見あげた。

東急東横店東館の屋上の名前が『ちびっ子プレイランド』だと知ったのはエレベーターに乗る前だ。壁に掲げられたフロアガイドで確認したのである。ちびっ子って。しかもプレイランド。

昔からあるのだろうか。稔の記憶にはなかった。忘れてしまっただけかもしれない。エレベーターは七階までだった。そこからはおもちゃ売り場を抜けて階段をのぼっていく。

ドアを開き、屋上に立つと、ここが本当に渋谷かと疑いたくなった。まず目に入ったのは帆船だった。むろん本物ではない。形を模した子供用の遊具である。その前にはゲートがあり、そこには『わんぱく島』と掲げられていた。

まるで幽霊船だ。屋上自体、人影がなく閑散としているのがいけない。短いレールの上を走る小さな汽車や、小銭を入れれば動く（はずの）子供ひとり用の車といった遊具がいくつか並んでいた。いつくるかわからない客を待ちわびているその有様は寂しげだった。

稔は金網越しに東急文化会館の跡地をのぞいた。せっかくなので撮影しておこうと考え、ケータイをとりだし、カメラ機能に切り換えた。

文化会館跡は更地を想像していたが、ちがっていた。すでにそこは掘り返され、なにかの工事がはじまっているようだった。写真を撮ろうと構えたが、金網が邪魔だった。まさか乗り越えるわけにもいかない。稔は場所を移動することにした。

ついさきほどまでだれもいなかった『ちびっ子プレイランド』に女性ふたりに子供が三人のグループがいた。いま、きたようだ。

「けっこう広いじゃぁん」

女性のひとりが言う。

「でしょう。だれもいないしさあ、穴場なんだよ、ここぉ」

もうひとりがそう答えた。彼女らはたぶん自分と同い年くらいだ。

「なんかあれだねえ、昭和ってカンジぃ」

昭和か。言われてみればそうだ。ここだけだれかの意図で取り残された感すらある。

「お母さん、あれ、乗りたぁい」

子供達の中のひとりがアンパンマンときかんしゃトーマスを模した車にむかって走りだした。まさに猪突猛進《ちょとつもうしん》で、あやうく稔にぶつかりそうになった。

「こら、あぶないでしょ」

お母さんらしきひとが叱責《しっせき》し、稔にむかって申し訳なさそうに頭をさげた。不審者に思われないよう、できるだけ愛想よく微笑《ほほえ》んで会釈《えしゃく》を返しておいた。と、すぐまたべつの子が前を走っていく。

「お兄ちゃん、アンパンマンはあたしぃぃ」

「こら、走らないの。転ぶわよ」母親がそう叫んだ途端、あとを追った子は転び、火がついたように泣き叫んでいた。「言ったそばから、もう、あんたはぁ」

お兄ちゃんはトーマスに乗り込み、「お母さん、お金いれてぇ」とわめいている。

おれもあの子供達のように、この屋上で遊んだことがあったのだろうか。

「ママ、パンパンがあるよぉ。パンパン」

残された女の子がそう叫んで、これまた走りだした。

パンパン？

「ちょっと待ちなさぁい、ひとりでどっかいっちゃ駄目っていつも言っているでしょ」

女の子がむかうさきに神社があった。

あれが坂岡さんの言ってたヤツか。

さほど大きいものではない。ささやかな木々に囲まれた小さく、慎ましやかな神社だった。そのむこうにはビルがそびえたち、ケータイの会社の広告が見えた。不思議な風景ではあるが、都会ではありふれたものかもしれない。

女の子は鳥居の下に陣取っていた。そして小さな手で柏手《かしわで》をうった。

なるほど、パンパンだ。

追いついたママは女の子の横で中腰になり、これまた柏手をうった。

「ママ、オサイセン」

「いいわよ、べつに。もうパンパンしちゃったじゃない」

「あげないとゴリヤクないわ」

稔の立つ位置からでは母子の背中しか見えない。ママがなにやらもぞもぞしている。財布をだしているにちがいない。

「十円はダメ」と女の子の声がする。「トーエンになるわ」

トーエンは遠縁のことか。三、四歳のくせに、妙なことを知っている。いっしょにいる母親も「あなた、どこでそんなこと、おぼえてきたの」と驚いていた。

鳥居を見るとその中央に額があり、白地に墨文字で『東横稲荷《いなり》神社』とある。

母子はもう一度、パンパンをしてから去っていった。

五円玉、五円玉。

稔は財布の中身をのぞいた。五円玉は三枚あって、そのうちいちばん見栄《みば》えがいい、きれいなものを選び、賽銭箱《さいせんばこ》に投げいれる。柏手をうつのはなんとなく恥ずかしくて、両手をあわせるだけにしておいた。

はて、なにを拝んだらいいものやら。子供達のはしゃぐ声が聞こえる。ひとりが泣きだした。

とりあえず世界平和を祈ろう。

参拝が終わってから、時間をたしかめた。まだあと十五分あった。しかしもうとくにすることはない。稔は待ち合わせ場所に戻ることにした。

エレベーターに乗りこんだとき、世界平和よりももっと大事なことを祈るべきだったと悔やんだ。

今日のデートの成功だ。

今優里はまだいなかった。

柱にもたれ、花屋を眺めていることにした。客足が途切れず、忙しく働く花屋の店員達は見ていて飽きなかった。働くとはこういうことだと感銘すら受ける。やがてこれは一束、買うべきではないかと思えてきた。むろん、遅刻してくる女性にあげるためだ。

でもどうなのだろう。はじめてのデートに、いきなり花を渡すのはおかしい気もする。

花屋の前で待ち合わせをして、花を買わないというのも男として気が利《き》かないとも言える。

待ち合わせの場所を指定したのは今優里だ。花を買って待っていたら、まるでわたしがねだったようじゃありませんかとへそを曲げるかもしれない。

もしかして、おれ、ためされている？

新高円寺にいるなどというのは真っ赤な嘘《うそ》で、花屋の前で悩んでいるおれの姿を、今優里はどこからかこっそりとのぞいていやしないか。

ひさしぶりのデートに稔は浮かれる前に、息苦しくなってきた。いっそのこと、このまま今優里が現れないでくれればどれだけ気楽だろう。そうまで考えだしていた。まずいな。女っ気のない生活をしていたせいで、中学男子並のくだらない妄想を抱くようになってしまっている。

稔はいたく反省した。

それにしても、この前デートをしたのはいつだろう。どこへいったかもさだかではない。東京ディズニーシーにいったぞ。だれといったのだろう。ジュンちゃんのはずはない。彼女とはディズニーシーができる前に別れている。

そのとき、花屋をはさんでむこう側に、きょろきょろとあたりを見回している女性が目に入った。

今優里だ。

色とりどりの花の隙間《すきま》に見える彼女に、どう声をかけようか、稔は迷った。花屋をまわって近くに寄ろうと思い、稔は歩きだした。するとそれにあわせたかのように、今優里は反対方向へ動いてしまった。

おいおい。そこで立ち止まっててくれよ。

稔は思わず走りだしてしまった。走らなくてもだいじょうぶなのに、そうせずにはいられなかったのだ。

花屋をまわって、いき着いたはいいものの、今優里はまだ稔に気づかない。

「あの」

「あっ」

目があった。

思えばこれほど近距離で彼女を見たのははじめてだ。

きれいだ。

それが稔の素直な感想だ。化粧が自然なのもいい。眉《まゆ》が太いのがいい。目が少し垂れているのも稔の好みだ。しかし世界には完璧《かんぺき》な女などいない。惜しむべき点は頬骨が目立つことぐらいか。

淡い水色のワンピースに、紫色のかごバッグをもっている。屋上でバットを振っている姿とはだいぶちがう。そしていまの姿はとても魅力的だった。

「峰崎です。峰崎稔」フルネームを名乗ってしまった。

「今優里です」彼女は足をとめ、稔の顔を一度見て、視線を外した。「今日は、どうも」

「こちらこそ」

「無理矢理誘っちゃったみたいで」

「そんなことないですよ。楽しみにしていました」

「わたしもです。すっごく評判がよくって」

おれのことが？

「雑誌とかネットで星五つとかなんですよ」

なんだ、映画のことか。そりゃそうだ。

「昼飯、食べました？」

「じゃあ、おれの知っている店、お連れしますよ」

顧客の店へいくつもりでいた。『K2』も考えたが、坊ちゃん呼ばわりされてはたまらない。

「映画、一時十分からなんです」申し訳なさそうに今優里が言った。「あたしが遅刻しなければよかったんですが」

稔はケータイで時間を確認した。十二時五十分になろうとしていた。

「もう映画館いかないとまずいですね」

「すいません。お腹《なか》、空いていますか」

空いていたがそうは言えない。「平気です。家で遅めの朝食を食べましたから。映画館はどこです?」

「ユーロスペースっていうとこです」そう言いながら今優里はかごバッグから『ぴあ』をとりだそうとした。「場所はですね」

「おれ、知っています」

「え? そうですか」今優里は目を見開き、稔を見る。「渋谷、お詳しいんですか」

「最近、営業で渋谷まわっているんで」

「そういえば、そのこと、椎名さんからききました。もうおれの部下じゃなくなっちゃうんだって。峰崎のヤツ、まだ異動してないのに、もうそっちの仕事しはじめて」

「怒ってました？」

「寂しがっていました。いっしょにさぼるひとがいなくなったって」

まあ、あのひとの言いそうなことだ。

「246を越えたむこうです。いきましょう」

建物をでて、モヤイ像の脇《わき》をすぎ、JR渋谷駅の西口のすぐ前にある歩道橋を稔はのぼりだした。

「あの」

「はい？」

「もう少しゆっくり歩いてもらえませんか？」

しまった。坂岡と歩くのに馴《な》れ、早足になっていたようだ。

「すいません」

「遅刻した理由、きいていただけます？」

「あ、はい」

「今朝、実家から戻ってきたんです。アパートに荷物置いて、汗かいたんでシャワー浴びて、着替えして、すぐ飛びだしてきたんですけど、やっぱちょっと間にあいませんでした。新宿で乗り換えて山手線でくれば少しは早かったのかもしれませんが」

彼女の実家がどこであるか、この四日間、メールのやりとりをして知った。いまは高円寺の青梅街道沿いに住んでいる。最寄り駅は丸ノ内線の新高円寺駅だ。

「なにでいらしたんです？」

「赤坂見附駅で銀座線に乗り換えてきました。あたし、好きなんです」

「え？」いきなり告白されたのかと思ったが、そうではなかった。

「銀座線」

「ああ」

「赤坂見附のほうから乗ってきて、表参道でて、しばらくすると外へでるじゃないですか。で、渋谷の町が眼下に見えてきて、その瞬間が大好きなんです。興奮しちゃうんです。ヘンですかね、あたし」

「そんなことはないですよ」

ちょっとヘンだと思ったが、自分だって銀座線が建物からぬっと現れる瞬間を秘密基地から飛びたつロケットのように思い、興奮していたのだ。

おれの場合は小学生の頃だけど。

「昨日の夜、帰ってくるつもりだったんです。でも姪《めい》っ子に泣かれちゃったものですから」

「姪っ子？」

「姉の子で、四歳になったばかりなんです。かわいいんです。あたしにすっかりなついちゃって。お姉ちゃん、大好きなんて言ってくれて、かわいいんです。あたしもユカちゃん、あ、これ、姪っ子の名前なんですけども、ユカちゃん大好きよって言うと、もうそれはそれはかわいく笑うんです。姉が優里は叔母さんよって訂正しても、優里ちゃんはお姉ちゃんだよって言ってくれて。昨日、帰ろうとしたら玄関で泣かれたんです。しようがないからもう一泊して、今朝早く実家をでて、飛行機で戻ってきました」

「それは悪いことしたな。姪っ子さんに」

「ほんとですよ」

高速道路の下をくぐりながら、今優里は笑った。

歩道橋を下りて、急な坂をのぼっていく。その途中に映画館はあった。

「あれ？」掲げられたポスターを見て、今優里は首を傾《かし》げた。「ちがう映画やってますね」

「ほんとだ。なんでだろ」

「あたし、きいてきます。ちょっと待っててください」

映画館は二階だ。今優里は階段を駆けあがっていってしまった。すぐ追いかければいいものを、稔はそれができず立ったままでいた。これじゃあ、店の前で紐《ひも》につながれた犬とかわりない。

今優里は二分もかからず戻ってきた。垂れた目がさらに垂れている。

「ここ、もうユーロスペースじゃないんですって」

「は？」

「実際、昔はユーロスペースだったそうなんですけども、いまはちがってて」

「じゃあ、ユーロスペースはなくなった？」

「そうではなくて移転したそうです。円山町のほうに」

円山町に映画館？

『ホットパンツ』に行く途中見かけたが、あそこか？

「峰崎さん、円山町ってどこにあるか、ご存知ですか」

「ええ。まあ」このひとはそこがラブホ街だとは知らないのか。ラブホ街は知っているが、そのあたりが円山町だとは知らないのか。ひとまず「東急本店のほうだけど」と答えておいた。

「それだとここから十分はかかりますよね」

「申し訳ない、おれが適当なこと言ったばかりに」

「とんでもないです。こういう場合、誘ったあたしが事前に場所をチェックしなかったのがいけないんですよ。そのうえ、遅刻もしちゃったし」

そして今優里はかごバッグから『ぴあ』をだして開いた。

「一時十分のつぎは三時十分です。この回を観《み》ましょ。で、その前に昼食を」

そのほうが助かる。「そうしよう」

「だったらあたし」今優里はぱっと顔をあげた。「以前にチェックしておいたところがあるんです。中華料理の店なんですが、いいですか?」

顧客の店を考えていたが、しようがない。

「いいですよ。どこですか?」

駅前のスクランブル交差点を渡り、センター街前にたどり着いた。坂岡と渋谷をまわっているが、このあたりはまだ歩いていない。センター街は小学生以来だから二十年ぶりになる。

Qフロントには取り立てて驚きはしない。それよりも入り口左に『大盛堂書店』があるのに面くらった。このあいだ、『ホットパンツ』へむかう際には気づかなかった。

「『大盛堂書店』って前んとこのはなくなっちゃったんですよね」

「丸井のとなりの？」

「そうです。あたし、あのビルのエレベーター好きだったんですよ。ちょっと大きくって」

そういえば東急文化会館のエレベーターもそうだった。大きくて鈍重そうだった。

「いつなくなったの？」

「二年くらい前ですよ。会社入ってしばらくはときどき専門書買いにいかされていました」

センター街に入る。店舗の入れ替わりが激しい場所だ。二十年前と同じ店を見つけることなど至難の業だろう。それでも不思議なことに立ちこめる空気というか肌触りは昔と変わらない気がした。『HMV』や『さくらや』のような大型の店舗が居座っている光景にはたじろぐ。

「ここ左曲がると地下鉄の入り口がありますよね」

「うん、ああ、あるね」合併してひらがなの名前になった銀行があるビルだ。「地下が本屋でそこを抜けると半蔵門線にいける」

「そうです。その本屋、静かで好きだったんですけど、なくなったんですよ」

「え？　『旭屋書店』が？　いつ？」

「それも二年前です。知りませんでした？」

「じつは渋谷は担当になるまで、あんまりきたことがなかったんだ。むしろ避けていたくらいで」

「嫌いなんですか、渋谷？」今優里の顔が曇った。「すいません、だけどあの映画、渋谷でしかやってなくて」

「ちがうよ。嫌いじゃない」嫌いになれるわけがない。故郷なんだから。「実家があったんだ」

「実家？」

「渋谷の」稔は町名を言った。「そこに小学校を卒業するまで暮らしていたんだ」

「ほんとですか？　あのへんってビルだらけですよね。あ、マンションにお住まいだったんですか？」

「一戸建て。パン屋だった。土地売って父親の実家へ引っ越したんだ。そこで中学高校と暮らして、東京の大学通って、東京でいまの会社に就職して、でもずっと渋谷にはよりつかなかった」

「どうしてです？」

そう訊《たず》ねられ、稔は焦《あせ》った。

おれはなにをしゃべっているのだろう。デートに、それも渋谷のデートにふさわしくない話だ。

そしてこの前の日曜日、藤堂くるみの娘に言われた言葉を思いだしていた。

裏切り者。

「あのさ、いきたい店ってちとせ会館のほうだって言ってたけど、そろそろこのへん、曲がるんじゃないかな」

左手に『門』という看板が見えてきた。

「あっ。ここ右ですね」

鉄仮面のような形の建物は交番だ。稔が小学校三、四年のときにできたはずだ。当時、わざわざ友達と見にきた。

今優里がチェックをいれておいたという中華料理店はその裏だった。

「ここです、ここ」

「ここって」稔はその左どなりにある『龍《りゅう》の髭《ひげ》』のほうへ顔をむけた。「あっちじゃないの？」

「あっちは台湾料理ですよ。あたし、中華料理店って言ったじゃないですか」

「うん、ああ」

店内は混んでいたが、ドアを開いてすぐのカウンター席がふたつ、今優里と稔を待っていたかのように空いていた。

稔にとっては二十年ぶりに入る店だ。昔とさほどかわりがない。多少のリニューアルは施されている。テーブル席はなかったし、これほど明るくもなかった。しかしカウンターの中の厨房《ちゅうぼう》で中華鍋《なべ》を上下させているオジサン達には、なんとなく見覚えがある。二十年前と比べ、歳《とし》もとっていないと思うのはさすがに錯覚だろうが。

「なんになさいます？」

訊ねてきた店員の女性に「レバニラ炒《いた》めライス」と常連のごとく、今優里は注文した。

「そちらさんは？」

「ちょ、ちょっと待ってください」

二十年前の記憶にひきずられていた稔は、注文を決めておらず口ごもってしまった。そのあいだに、「あと餃子《ギョーザ》ください」と今優里が追加する。「ラーメンセット」と目についた品を口にしてから、ああ、ここは焼きそばがうまかったはずだと思うがもう遅い。注文は店員の女性から厨房の中のオジサン達に告げられていた。

「なんで、ここを?」

「あたし、いまの会社に入る前の前、五年くらい昔、このへんでバイトしてたことがあったんですよ。一年足らずでしたが」

「このへんって」

「『東急ハンズ』の道はさんだむかいに、NHKへいく細い道、あるじゃないですか」

「『シスコ』がある?」

「ええ。峰崎さんって洋楽きくんですか?」

稔って、アッチの音楽とかって興味ある?

小学生の頃、アメさんにそう言われたのを突然思いだす。

「うん、あ、昔だけど」

「その道入ってすぐんとこに雑貨屋があるのわかります?」

稔は店名を言った。

「そうです。さすが渋谷出身」

なぜ、おれはその雑貨屋の名前を知っているんだ?

稔は自分自身を訝《いぶか》しく思った。雑貨なんかこれっぽっちも興味ないのに。

それもまた小学生の頃、『シスコ』へアメさんといったように、だれかと連れ立っていったのだろうか。

「渋谷駅から歩いてきて、この前を通るんですけど、ガラス越しに中のぞいて、すっごく興味あったんです。いつかこようと思ってて。念願かないました。ありがとうございます」

お礼を言われてもなあ。はじめてのデートではじめに入る店じゃないよなあ。

今優里は背筋を伸ばして、カウンターのむこうをのぞきみようとしている。

その真剣なまなざしを横目で見つつ、稔は、これはこれでありかな、と思った。なにがありなんだか、よくわからないけど。

レバニラ炒めライスがさきにでてきた。ラーメンセット、そして餃子は同時にあとからだ。

「よろしければ餃子どうぞ」と今優里が勧める。

　彼女の食べっぷりはなかなかのものだった。口の中へすいこまれるように、レバニラ炒めとご飯が消えていく。餃子も一口でぱくりだ。

　今優里の額にじんわり汗が滲《にじ》みでているのが目に入った。稔にはそれがとても美しく思えた。

「おいしかったですね。お腹《なか》いっぱいになりました」店をでてから今優里は満足げに微笑《ほほえ》んだ。「峰崎さんはどうでした？」

「うまかった」

　正直な感想を言った。ここのところ、外回りがつづいていたので、からだがああした濃い味付けを欲していたのかもしれない。

「じつは映画観ているあいだ、お腹が鳴ったら困るなって思ってたんです」と今優里が恥ずかしそうに告白した。「それにしても、まだ時間、あまってますね」

「ああ」映画がはじまるまで、一時間半はある。「どうします？　一服します？」

「吸うの、煙草《たばこ》？」

「わたしは吸いませんよ。でも峰崎さん、吸いたそうだし」見透かされていた。「むこうのほうに『ニューヨーカーズカフェ』があって、そこだったら煙草吸えますよ」

しかも気を遣われている。

「あ、いや、あの、腹ごなしにさ、ちょっとそのへん、ぶらぶらしよっか。きみのバイトしていたあたりとかをさ」

ひさしぶりのデートでまるで要領を得ない。とにかくそう言ってみた。

「いいんですか？　じつはちょっといってみたかったんです」

そして今優里は井の頭通りを渡った。稔もあとをついていく。

右手に見覚えのある店があった。スープの専門店だ。家族できたおぼえがある。メニューの名前が凝っているというか、ちょっとヘンだった。稔はR2—D2ナンタラを頼んだ。どんなものだったかは記憶にない。いまもあるのかな、R2—D2ナンタラ。

井の頭通りをすぐ右に折れ、えっちらおっちら坂をあがる。左手にパルコパート3が見えてくると、そこをまた左へ曲がる。その角のビルがなくなっていた。東急文化会館と同様に工事中をしめす白いフェンスに囲まれている。そのならびに『東急ハンズ』がある。

「あぁあ」今優里が妙な声をだした。

「どうしたの？」

「部屋でつかうもので、今度、ハンズにでもいったとき買おうと思ってたものがあるんですよぉ。でもそれがなんだか忘れちゃったんです。なんだっけかなぁ。峰崎さん、そういうことあります？」

「え？　あ、ああ。うちでテレビ見ながら飯食ってて、味薄いから塩でもかけようと思って、立ってキッチンいくとなに取りにきたか忘れてたりする」

「それはまずいですよ、峰崎さん、ボケですよ、ボケ」

ボケはひどい。だが屈託なく笑いながら言われるので、稔も思わず笑ってしまう。買うモノを思いだしたら、あとで寄っていいですか、と言われ、稔は承諾した。

そんな会話をしながら『東急ハンズ』の搬入口の前を通りすぎた。

がらがらがら、がらがらがら。

台車の音が道に響く。その音が稔をふたたび過去へ連れていく。

おれはここが好きだった。『東急ハンズ』が、ではない、その搬入口がだ。店の舞台裏というべき場所を目の当《ま》たり《あ》にすることに、昂揚感《こうようかん》をおぼえたのである。トラックからなにが入っているかさだかでない段ボール箱がつぎつぎとだされ、それが台車に高く積まれていくさまにわくわくしたものだ。先日、『K2』へ入荷したとき、台車の音に懐《なつ》かしさを感じたが、ここのことだったと合点がいった。

がらがら、がらがらがら。

小川のせせらぎや小鳥のさえずりではなく、台車の音が懐かしい昔の記憶とは。

稔は自嘲《じちょう》気味に笑ってしまう。

「あ、笑っている」

今優里に指摘され、稔は「あ、ん」と口元をひきしめた。

「笑いますよね」

「え？」

「椎名さんが峰崎さんは滅多に笑わないって。喜怒哀楽が乏しくてなにを考えている
かわからん男だって言ってたんで」

「あ、ああ」

「でもぜんぜんそんなことないから安心しました」

「そ、そう？」

それはきみといっしょにいるからだよ、とは言えない。

「あとこんな話もきいちゃいました」

「なに？」

「あたしをケータイの動画で撮って、それを何度も繰り返し見てるって」

余計なことを。

「いや、それはきみのバッティングフォームを」

「そういう言い訳をするだろうということもきいています」

やれやれ。

「なんでそんなことするんです?」

怒ってはないようだ。

ふたりは『東急ハンズ』の前の道を横切った。雑貨屋はもう見えていた。

「それはその、なんつうか、あれを見ると、おれもがんばろうって気に」

「がんばろう、ですか?」

「あ、ああ」

「ま、いいです。わかりました」今優里がなにをわかったのか、稔にはわからなかった。「もっと他の理由があると思ってたんですけど」

そう言いながら、彼女は元のバイト先へ入っていった。

さほど広くない店内にTシャツや子供服、鞄《かばん》、靴、おもちゃや文具など、さまざまな商品がところ狭しと並べられている。稔にとってはあまり興味を惹《ひ》かないものばかりだ。客は女の子だけではなかった。中学か高校生ぐらいの男の子ふたりが、「どうこれ？」「いいじゃん」「服のコサージュにでもしようと思うんだけど」「グッドアイデアだよ」なんて会話をしていて、稔はぎょっとした。見ると店にいる他の女の子よりずっとこぎれいでおしゃれだ。むろん今優里を抜きにして。

「峰崎さん」今優里が耳元近くで囁《ささや》いた。稔は驚き、あやうく身をひくところだった。

「あ、え？」

「なに若い男の子達に見とれているんです」

からかわれているのはわかる。今優里はにやついていた。

「ちがうって」と稔は苦笑する。「時代は変わったなあ、と思って。男同士連れ立って、こういうところろくるなんて、おれらの頃は考えられなかったよ」

話をつづけている男の子達を横目で見て、今優里は「でもまだまだああいうのは少数派だと思いますよ」と言い、「峰崎さんはどうだったんですか？」ときいてきた。

「中学とか高校の頃は？」

「田舎町でうだうだしていたよ」じつは大学でだって、会社に就職してからだって、そしていまだって、うだうだしている。うだうだ人生。「帰宅部だったし」

「その頃の将来の夢はなんだったんですか？」

「将来の夢？」

「おとなになったらなにになるつもりでした？」

「おとなにはなりたくなかった」

「まじめに答えてくださいよ」

今優里は棚にあったブリキのおもちゃを手にした。少し怒っているように見える。しまった、しくじったか。

「ほんとはあった」稔は恥ずかしい過去をひとつ、さらすことにした。今優里の視線がブリキのおもちゃから稔へうつった。「小学校の卒業文集に書いて、大学へ進学する頃までは本気で思っていた」

「なんです？」

「笑わないと約束してくれたら言う」

「笑いませんよ」

「これまでたいがいのひとは笑った」

ジュンちゃんも笑った。あのときは稔の住む国分寺のアパートでだった。

「笑わないから教えてください」と今優里が真剣なまなざしをむけてくる。稔は覚悟を決めて言った。

「空間プロデューサー」

今優里の反応は鈍かった。眉間《みけん》にしわが寄って、だんだんそれが深くなっていき、やがてこう言った。「なんですか、それ？」

説明をもとめられてしまった。これだったら笑われたほうがまだましだ。下手な冗談のどこがおもしろいのか、きかれているようなものである。

「店のオープンやイベントスペースの企画なんかをするような、そんなカンジの」

「はあ」

「ごめん」と稔は頭をさげた。「おれもよく知らないんだ」

「よく知らないのに、ずっとそうなりたいと思ってたんですか」

今優里にあきれられ、稔は自分の顔が赤面しているのがわかった。

こうなりゃ自棄《やけ》だ。ぜんぶしゃべっちまおう。

「小学生時分にテレビでそういうひとの特集を見たんだ。大勢の人間に指示だして、ときには怒鳴りつけて、やり直しを要求して、それで自分は深夜遅くまで机にむかって、当時はパソコンじゃなくて、ワープロをうって、最後にインタビュアーにあなたの目標はなんですかってきかれて、いつかはマイケル・ジャクソンのコンサートの演出をしたいって言ってた」

「マイケル・ジャクソン？　コンサートの演出？　そういうこともするんですか、空間プロデューサーって？」

「いや、だからなんていうか、よくわからないんだ。でもそのひとの肩書は空間プロデューサーだった。それを見て、おれはシビれちゃったんだ」

「それって小学何年生ぐらいです？」

「たぶん六年」

「中学、高校の頃はなろうと思ってたんですか？」

「でも、とくにそれについて調べたり勉強したりはしなかった」

「うだうだしていただけ？」

「そう、うだうだしていただけ」

「それでどうして国立大の教育学部へいったんですか？」

なぜそれを知っているのだときき かえそうとしたが、たぶん椎名が教えたのだろう。

「学校の成績はそこそこよくてね、担任の先生に、おまえの成績だったらここへいけるぞって言われて、はあ、そうですかって」

「はあ、そうですかで国立大いけたんですか？　なんかちょっといやだなあ」

気づくと今優里の眉間には、もうしわはなかった。困惑している様子は変わらないが、そのまま口元がほころんだ。

「でもよかったです」

「え？」

「峰崎さんってもっと生真面目《きまじめ》で、ちゃんとしたひとだと思ってました。椎名さんにはサイボーグみたいなヤツだって言われてたんで、今日はどきどきだったんですよ」

サイボーグか。ロボットよりも半身、人間なだけマシか。

「あっ、これかわいいっ」

今優里は声をあげ、Tシャツを手にした。今優里が着るには小さすぎるように思えた。『ホットパンツ』のTシャツよりも小さい。

「どうです、これ？　あたし、こういうの大好きなんです。かわいいですよね」

Tシャツのお腹《なか》のところで、人民服を着た豚が並んでダンスをしていた。

かわった趣味だと思いつつ、「うん、ああ」とうなずき、「これ、着るの？」ときいた。

「やだな、あたしのじゃないですよ。ユカちゃんにですよ。泣かしちゃったから、お詫《わ》びに買って送ってあげようと思って」

「あ、ああ」

「買ってきますね」と今優里はレジへむかった。

男の子ふたりはまだ話をつづけている。

「これヤバくない？」「マジ、ヤッバいよぉ」

おまえたちこそヤバいと思うぞ、オジサンは。

店をでてから、稔は「思いだした？」ときいた。

「え？」

「『東急ハンズ』で買うもの」

「まだですよぉ」

「ボケだよ、ボケ」

「はは。ひどいなあ、峰崎さん」

稔はだんだんとごく普通にしゃべることができてきた。それもふだんよりずっと気楽にだ。

「峰崎さん、『シスコ』いかなくていいんですか？」

「いいよ、べつに」

「どっかいきたいとこ、あります？　初恋のひととデートいったところとか、初キッスしたところとかないんですか?」

「いや、とくには」

「ええ? 隠さなくたっていいじゃないですかぁ」

「隠す気はないよ」

恋文横丁はもうない。

「だったらもう映画館むかいましょうか」と言って、今優里はかごバッグからふたたび『ぴあ』をだした。「あまった時間、その近所でお茶すればいいし」

オルガン坂をくだり、井の頭通りにもどると、『東急ハンズ』を左手にまっすぐ、やがて右に折れ、BEAMを左手に歩いていくと、文化村通りへでた。

今優里の手には『ぴあ』がある。その地図を頼りにユーロスペースへむかった。

「わたし、地図が読める女なんですよ」

「それってやっぱ会社が地質調査やっているから?」

「関係ないですよ」と今優里は笑って言う。この笑顔が自分にだけむけられているのだと思うと、稔は奇跡に立ちあっている気分になった。「東京にでてきた頃、田舎者だと思われるのがいやで、地図広げずにいたら、よく迷子になったんです。それで待ちあわせに遅刻して、ひとに迷惑かけることが重なったから、どうせあたし田舎もんだしって、開きなおって地図見て歩くことにしました」

松濤郵便局前の信号を渡って、円山町の手前にたどり着くと、「ここってラブホ街じゃないですか」と今優里が責めるように言った。

「うん、ああ」

「どうしてこんなとこに映画館があるんです？」

そう言われても。

「あ、ほら、ユーロスペースはすぐそこだよ。まちがってはないよ。いま通ってきたとこにいくつかコーヒーショップあったけどどっか入ろうっか。ね？」

自分がここへ連れこんだわけでもないのに、稔はおたおたしながらそう言った。

「あ、はい」今優里は納得がいかないという表情になっていた。

お茶をしているあいだ、稔はどうして自分のメアドがわかったのかきいてみた。

「そんなの簡単ですよ。椎名さんのメアドの名前の部分に、峰崎さんの名前いれたら届いたんですよ」

なるほど。

これから観《み》る映画はフィンランドのだと、あらかじめメールのやりとりで教えてもらってはいた。北欧であることはわかっていたが、他になにも思い浮かばなかった。

「フィンランドっていうと」

「ムーミンの故郷です」

「ああ。じゃあ、今日の映画もそういうの？」

「うぅん。ちょっとちがいます」

ちょっとどころではなかった。ぜんぜんちがっていた。

孤独な男が女のために罪を犯す話だった。登場人物達は稔以上に表情が乏しく、諦《てい》観《かん》しきった目で、ぼそぼそ台詞《せりふ》を言うだけだった。とてもデートで観るような映画ではない。

はじめのうち、眠気に襲われていたが、観ているうちに、主人公が他人には思えなくなってきた。彼と稔の差は罪を犯すか犯さないかぐらいの差しかなかった。何ヶ所かわかるわかるとうなずき、ラストにはうっすら目に涙を浮かべている自分に気づいた。

「どうでした？」

ロビーにでて今優里が訊《たず》ねてきた。

「よかったよ」そう答えてから「ちょっと」とトイレへ逃げた。涙がにじんでいるのがばれないようにだ。実際、鏡を見ると、目が赤くなってさえいた。

やれやれ。

「彼の作品にしてはいまいちだったかなあ」

ユーロスペースをでてから、今優里がそう言った。彼というのは映画監督のことのようだ。いっぱしの批評家のような口ぶりだ。

「でも峰崎さんがよかったならいいです。今度、彼の作品のDVD貸してあげますね」

「貸すってきみ、買ってもっているの」

「ええ。ほぼ全作品」

これにまた稔は驚いた。世の中にはDVDをレンタルせずに買うひともいるのか。

「これからどうします?」

まだ五時半前だった。早めの食事といったところか。

「峰崎さん、いきたいとこ、ないですか? 渋谷に住んでいた頃はどのへんで遊んでいたんです？」

「近所の公園とか」

「そうじゃなくて、もっとこう渋谷ってカンジのとこですって」

「東急文化会館」

「それってもうなくなったところじゃないですか」

「いったことあるの？」

「映画観にです。ファンタスティック映画祭のオールナイトにもいったことありますよ」

今優里の趣味は映画鑑賞らしい。ただし趣味にやや偏《かたよ》りがあるように思う。

「いいけど」

「だったらまた、あたしのリクエストに応《こた》えてくれます？」

「代官山で買い物したいんですけど」

おっ。ふつうの女の子っぽいぞ。

「じゃ、どうしよう、代官山だと東横線で」

「バスでいきましょ、バスで」

駅前に戻った。ただしバスターミナルまではいかなかった。今優里はスクランブル交差点間近の銀行前にあるバス停に立った。ふつうのよりもやや小さめのバス停だ。老夫婦らしきふたりと子供連れの母親が並んでいる。

「峰崎さん、百円あります、百円?」今優里は少し興奮気味だ。「あたし、お札しかなくて。貸してもらえます」

「あ、ああ」

「百円均一なんです、このバス。あ。きたきた」

犬の顔が前の部分に描かれた小型のバスが、こちらにむけて走ってくる。

犬だった。

「あれ?」

「ええ。あれです。ハチ公バス」

ストレートすぎる名称だ。

「コミュニティバスっていうヤツだ」

「そうです。よくご存知ですね」

「うちのほうにもある。こんな」ヘンと言いかけ、「かわいくないが」と言い直した。

「え?」今優里は稔の顔を見た。バスはバス停に到着していた。「これってかわいいですか？　あたしはヘンだと思うんですけど」

「うん、ああ」

　車内はせまかった。座席は十人座ればいっぱいだ。稔と今優里は並んで座る。

　車内にルートマップがあったので、稔は手を伸ばしてそれをとり、開いて見ることにした。すると今優里がのぞきこんできて、「いま、乗ったのが渋谷駅西口になります」とその場所を指さして教えてくれた。

　からだの密着度が高くなり、稔は焦《あせ》ったものの、冷静を装《よそお》うことに徹した。しかし今優里から香り立つ甘い匂《にお》いに、めまいがした。こんな間近に女性がいるのはひさしぶりだ。

　だいじょうぶか、おれ。

「いまのところからだと、代官山までずいぶん遠回りってことになるけどもいいの」

「急いでないからいいじゃありませんか」今優里はからだをひねって、視線を窓の外へむける。「あたし、このバス乗って渋谷の町を眺めるのが大好きなんです」

「きみは好きなものがたくさんあるんだね」と言って稔も彼女に倣《なら》う。大のおとながふたり、バスの窓から流れる風景を見る様は滑稽《こっけい》だが、それでもかまわないと稔は思った。

好きなひとと同じものを見ていたい。

好きなひと？

そうだ、おれはこの子が好きだ。

「きらいなものだってたくさんありますよ」

「たとえば？」と稔は訊ねた。

「ちくわぶ」今優里は外を見たまま答える。

「おでんの具の？　なんで？」

「自己主張が足らないから」

「そうかな」

「おでん屋にいって、ちくわぶをいちばんはじめに頼むひとはいないでしょう」

「うん、まあ」

「それからヘッドホン」

「なんで？」

「ふだん汗かかない耳たぶに汗かくのが気持ち悪いんです。それから」

まだあるのか。

「ＢＧＭがジャズのラーメン屋」

「それはなんとなくわかるなぁ」

「渋谷の１０９もきらいです。昔、働いていたんですけど」

渋谷が二十年近く鬼門であっても、女性のファッションなどにからきし興味がなくても、渋谷１０９がいまどんなビルであるかぐらいは稔も知っている。いったいいつからああなったのか、不思議でならなかったが。

「きみ、さっきいった雑貨屋で働いていたんじゃないの」

「その仕事の前の前です」

雑貨屋はいまの仕事の前の前と言っていたな。

いくつか仕事を転々としているというのか。

「働いていたといっても三日だけなんです」

「いつのこと?」

「七年ぐらい前です。当時のあたしの写真を見たら、峰崎さん、ぜったいひきますよ。最近なんですよ、こういう格好」

今優里はワンピースの胸のあたりをちょっとつまんだ。

渋谷の五、六年前は石器時代と変わらない昔だわ。

坂岡が言っていたのを思いだす。では七年前はようやくヒトが立ち始めたころか。

二十年前は生物が海から這《は》いでてきたころだな。

「あたし、十八で上京して、服飾の専門学校へいってたんですけど、じつはその頃、なりたかったのがカリスマ店員だったんです」

カリスマ店員がなんたるかは稔もなんとなく知っていた。しかし、なりたくてなれるものなのか？

「上京したその年の夏、あこがれのショップにバイトで採用されたはいいんですけど、接客じゃなくて、裏方にまわされたんです。それが我慢できなくて」

「三日でやめちゃったの？」

「ガキだったんですよ、あたし。だからいまでも１０９の前通ると、ちょっと身をすくめちゃう」

ハチ公バスは明治通りから渋谷駅東口へ入る。左に東急文化会館の跡地が見える。こちらのバス停もバスターミナルにはなく、その通り沿いにある。そこから青山通りへとバスは走っていく。

「１０９のあとは下北沢の劇場の手伝いしたり、ネイルアートにもちょっと興味もって勉強したり、雑貨屋でバイトしたり、いろいろやったんですが、そのうち親がぶぅぶぅ言ってきて、だけど東京を離れたくなかったんで、いきついたさきがいまの地質調査の会社です」

「なんであそこに」

「家から近かったからですよ。あたし、同じ理由で峰崎さんの会社も二年前、受けてるんですよ」

バスが大きくカーブした。今優里の全身が稔に寄りかかってきた。

「す、すいません」

「あ、いや」

バスはこれまでとはちがう細めの道へ入っていく。

「ほんとに受けたの？　うちの会社？」

「面接官は、熊《くま》みたいな、ほら、このあいだ、峰崎さんを叱《しか》ってたあのひとです」

今優里が言うのは、異動について話をされていたときのことだ。

「あれはべつに怒られていたわけでは」

もごもご言い訳したが、今優里は聞いていなかった。

「面接のとき、あのひと、席立って、あたしのほうへ寄ってきたんですよ。それでなにしたと思います？」

なにかセクハラまがいのことだろうか。

「顔を近づけてきて、鼻をくんくんさせたんです」

なんだ、と稔は胸を撫《な》で下ろす。

「それから、きみは煙草《たばこ》を吸うんだねって質問してくるんで、吸いませんって答えたんですよ。ほんとうにあたし、吸わないんですけど、そんなことはない、きみは全身から煙草の匂いがするぞ。で、鼻をくんくん、くんくん。面接は以上、おしまいでした」

「それで不採用？」

「さすがにそれだけじゃないと思いますけど」今優里は弱く笑う。「当時、同棲《どうせい》していたカレがヘビースモーカーで、おかげであたしの服にも匂いがついていたんですよねえ」

同棲していたカレ。

いったいどんな男だったんだ。

バスは細い道を通り終え、ふたたび広い通りにでた。明治通りだ。曲がる瞬間、角に小さな神社を見つけた。稔はついそれにむかって会釈《えしゃく》をした。不思議そうな顔をして、今優里が自分を見ているのに気づく。

「知っているひとでもいたんですか？」昨日のアメさんと同じことを言われてしまっ

た。

「いや、そうではなくて、神社が」

「ありましたね」

「それにあいさつを」

「どうしてです？」

「神社仏閣にあいさつする習慣のあるひとと最近ずっといっしょにいるんで、そのくせがついちゃって」

「カノジョですか？」

稔は坂岡が怒ったときの顔を思いだした。

「とんでもない。上司。そのひとから仕事を引き継いで、最近は渋谷を歩きまわっている」

「えぇと、坂岡女史」

「椎名さんからきいたの？」

「峰崎は坂岡女史に寝取られたって嘆いてました」

まったくあのひとは。なにを言ってるんだか。

「ちくわぶ、ヘッドホン、ＢＧＭがジャズのラーメン屋、それに渋谷１０９。きらいなものはそれだけ？」

「あとひとつ。いえ、もっとたくさんあるんですが、いちばんきらいなものを挙げておきます」

「なに？」

今優里は上目遣いで稔を見てから、ふぅとため息をついてこう言った。

「自分です」

「え？」

「とか言ったら峰崎さん、あたしのこと、心配してくれます？」

9

「マジですか」稔は驚きのあまり、声高になっていた。

「そんな大声ださないでよ」電話のむこうで坂岡の声がする。いつもの彼女からは想像がつかないほど、か細く弱々しい。「頭に響く」

「す、すいません」恐縮はするものの、「じゃあ、今日はどうするんです」と訊《たず》ねてしまう。

熱中症でダウンした。坂岡からその電話をもらったとき、稔はすでに待ちあわせ場所にいた。以前、坂岡におごってもらったマクドナルドだ。約束の時間は八時半。稔は八時に着いて、今日まわる顧客について最終チェックをいれていた。

「でもいったいどうして」

「昨日、旦那《だんな》になるひととテニスしててね」

「テニスですか」

「なによ。あたしがテニスしちゃいけないの」

「いや、いけなかないですが」

「けっこう張り切ってやっちゃってさ。昔だったらこれくらい、どうってことなかったはずなんだけど」

「はあ」寄る年波には勝てないということか。

「峰崎くん。いま、寄る年波には勝てないと思ったでしょ」

「いえ、そんなことは」自覚はあるわけだ。

「今日って宇田川町と神南中心のコースだったよね。八件」

「はい、そうですが」

「八件だったら、楽勝でしょう。よろしく頼むよ」

「おれ、ひとりでいくんですか」

「だから声でかいって。ちがうわよ、こっちの話」

どうも電話のむこうには有馬もいるようだ。

「彼もいっしょにダウンなんだ」

坂岡の口調はなぜかうれしそうだ。

「ほんとにおれひとりでいくんですか」

「ほんとだっていうの。退職のあいさつはそのうち本人がきますって詫《わ》びておいてよ。明日もちょっと様子みて、明後日には出勤するから」

「はあ」

「外回りのコースって、明日のまでは決めてあったよね」

「はあ」

「明後日は一日会社のつもりだから、それ以降のコース、決めなくていいから」

「はあ」

「はあ。はあ。はあ。以前のきみのような返事をしてるけど、だいじょうぶ？」

以前のおれか。どこを境に以前以降なのだろう。

「ま、がんばってみてよ。なんかあったらケータイに連絡ちょうだい」坂岡はふふふとヘンな笑い方をした。「でないかもしれないけど」

そこで電話はぶつりと切れた。

やれやれ。

一件目、神南にあるステーキハウスは九時の約束だ。もういかないと。できるかどうかなんて悩んでいられない。やらなきゃなんないのだ。

ケータイを動画に切り替えた。いつものごとく、今優里のバッティングフォームを見ることにした。三度見て、四度目をどうしようと思っているとき、メールが届いた。だれからと思いきや、椎名からだった。件名に『最新映像』とある。開いてみると、動画が添付されていた。

今優里だ。

今日もバットを振っていた。以前よりもずっと様になっている。

よしっ。稔は席を立った。

ステーキハウスのオーナーは色白のか細い男だった。年齢はわからない。たぶん稔と同年代だ。なにを話しても、気のない返事しかしない。だれかみたいだと思ったが、自分だと稔は気づいた。坂岡が退社する話をしても、ふうん、でおしまいだった。できるだけ顧客と会話を、といってもこれではさっぱりである。ものの十分で店からでた。

二件目、三件目もそうだった。ステーキハウスのオーナーほどではないにしろ、稔がどれだけ一生懸命、話をしてもどこか上滑りで、空回りしている気がしてならなかった。仕事に大きな支障があるわけではない。請求書を渡して、注文を受け、富萬食品の新商品について話をする。顧客もうなずき、話はきいている。でもどこか目はうつろに思えた。

四件目、元野球選手だったオーナーには、彼の現役時代の話などをふってみた。よろこばれると思ったが、そうではなかった。苦い顔をされ、昔のことだから、と流されてしまった。

坂岡の情報では元野球選手は現役の頃の話をすれば、大いに乗ってきて、ビデオを見せられ、昨今の野球事情の苦言を呈しだし、三時間は帰れないはずだった。

機嫌を損ねたと思い、そのあとの打ちあわせはぐだぐだになってしまった。額に汗をかき、ろれつがまわらなくなる。元野球選手には、きみは風邪でもひいているのかね、だったら今日はもう帰っていいよ、と言われる始末だった。

「ほんとにチアキやめるんだぁ」

稔の名刺を受け取ってから、スペイン料理店の女性オーナーは嘆いた。年齢は四十前後、坂岡と変わらないぐらいだろう。

一言でいえばバブルの残骸《ざんがい》みたいな女。坂岡はそう評していた。ずいぶんひどいことを言うものだと思ったが、テーブルを挟んでむこうにいる女性を見る限り、それは大いにうなずけた。信じられないことに彼女はボディコンだった。

本人は自分が飯島《いいじま》直子だと思ってるから。これも坂岡からの情報である。ええと、どこが？

「きみが後任？」

「あ、はい」

「かわいいわねえ。いくつ？」

か、かわいい？

「三十二です」

「意外といい歳《とし》なのね」

あんたより若いだろ、とは言えない。

「で、今日はなにか打ちあわせするんだっけ」

「ご要望がありました食材の見積もりをお持ちしまして」

稔が渡した見積書を見た途端、女性オーナーの顔は険しいものになった。

「なんの冗談?」

「は?」

「こんな数字、うちの店のこと、考えたらもってこれないはずよ」

「でも、それがうちもぎりぎりでして」

「もうちょっと負けられない?」

「いかほど?」

「そっちからさきに言ってよ」

稔は電卓をとりだし、二パーセントほど低い金額をだした。

「これでどうでしょう?」

電卓の数字を見ると、彼女はこう言った。

「話にならないわ」

「しかしこれ以上、下の数字だとうちの儲《もう》けが」

「おたくの儲け? ああ、じゃあ、それゼロにならないかな? いっそのこと、こういうのはどう? 峰崎ちゃん。あなたがうちの担当になった記念に、この食材、まるまるタダにしてよ。いいでしょ?」

八件まわって会社に戻ったのは六時を過ぎていた。なんら充実感はなく、ぐったりしただけだった。

「あ、峰崎さん」席に着くと一課の二年後輩が声をかけてきた。

「なに?」

「経理から連絡ありましたよ」

「どこかの不払い?」

「いえ、逆です。『K2』ってとこのお金が払い込まれたって。坂岡さんが気にしてたんで連絡したそうです。でも峰崎さんでもいいですよね?」

今日、ただひとつの朗報だ。「ああ、ありがと」

それからトイレにいき、用を足すため、チャックを開いた瞬間、「峰崎っ」と椎名の声が聞こえてきた。

ふりむくと、三つある個室のうち、ひとつドアが閉じている。

「なんで、おれだってわかったんです?」

「足音とチャックの音」

　ほんとうか。

「そういえば今朝のメール。どうしたんですす、あれ？」

「優里ちゃんが撮っておくってあげてくれっていうから、しかたがなしにさ」

　しかたがなしかよ。

「優里ちゃんに礼言われちゃったよ」

「礼、ですか？」

　稔はチャックをあげ、ドアのほうをむいた。

「ありがとうございました。おかげで峰崎さんとすてきな休日をすごすことができましたって」

　どんどんどん、と音がする。拳《こぶし》で壁を叩《たた》いているようだ。

「おまえはどうだったの？」

「おれですか？」

「すてきだった？　優里ちゃん？」

「はあ、まあ」

　また、どんだだどん、と音がする。

「そんな気のない返事してカッコつけて。ああ、いやだいやだ」

「カッコなんかつけてませんって」

それからおとついのデートについて、根掘り葉掘りきかれた。椎名は個室にこもったままである。

どこで待ち合わせをしたのか（「駅の中の花屋です」「ロマンチックなこった」）、といったところからはじまり、なにを食べ（「昼はラーメン屋、夜は代官山で焼き肉」）、なにをしたか（「フィンランドの映画を観《み》ました」「ムーミン？」「ちがいます」「映画館で手を握った？」「握りません」）、帰りは家まで送ったか（「送りませんよ」「どうしてだよ」）、つぎのデートの約束をしたか（「いや、まだ」「まだってするつもりなのか」どんどどんどん）。

「おまえは優里ちゃんになにもしなかったのか」

「初デートですよ。しませんって」

中でちぃんと鼻をかむ音がした。稔はとなりの個室に入り、便器にのぼって、椎名のほうをのぞいてみた。

「椎名さん」

「なんだよっ」

「なに泣いているんですか」

「失恋したからに決まっているだろ」

「失恋って。今優里にですか？」

「そうだよっ」椎名はトイレットペーパーを手にまきつけ、それで涙をふき、また鼻をかんだ。

「だって椎名さん、妻帯者でしょう」

「うっさいなあ。結婚して十八年、女房だけで我慢してきたんだ。そろそろ若い娘の柔肌に触れたっていいだろ」

よかないでしょ。

「ランチまでこぎつけたのに。あっという間におまえが横からしゃしゃりでてきて、かっさらいやがって。どういう了見なんだ」

「デートに誘ってきたのは彼女のほうですよ。それにまださきはわかりません」

「な、なんだ、そのわからないっていうのは」

「ですから、彼女とおれがつきあうかどうか」

「っていうことは、やっぱりつきあうつもりなんじゃんかよぉ。そのうち柔肌に触れるんだ、優里ちゃんの柔肌におまえが触れるんだぁ」

「なにしてるんだ？」

そこへ小野寺があらわれた。個室からひょっこり顔だけだしている稔を見て、怪訝《けげん》そうな顔をしている。

「あ、いや、あの、ここに椎名さんが」

途端、椎名が個室をでて、トイレから走り去っていってしまった。

やれやれ。

稔は便器から降りて、外へでた。

「あの件はどうなった？」

小野寺がこちらに背をむけ、用を足しだした。滝が落ちるがごとき威勢のいい音がしだした。

「あの件っていうのは」

「坂岡君の送別会だよ」

忘れていた。

「彼女、オッケーしたかね」

「じつはその」

「まだなのかね？」

「あ、えぇとですね。まあ、なんとかその」

「決まったのか。そうか。それはよかった。日時と場所は？」

「えぇと、あの、それがその」

その瞬間、稔はあるアイデアを思いついた。

「小野寺さん」

「ん？」滝の音はとまり、小野寺はからだを上下に揺らしている。

「こういうのはどうですか？」

部署に戻ると同じ課の後輩が「椎名さん、見ませんでした？」と訊《たず》ねてきた。

「トイレからはおれと小野寺さんよりさきにでていったぜ」

「おっかしいなあ。鞄《かばん》はあるしなぁ。急ぎで見積書にハンコ、ほしいんですよ」

「小野寺さんに見てもらって代印してもらいな。いそうなところみてくるから。たぶん」と稔は上を指さした。「だろうから」

はたして椎名は屋上にいた。だが煙草《たばこ》は吸っていなかった。今優里にバッティングフォームの見本をしめすために、椎名が家から持ってきた金属バットで素振りをしていた。

「椎名さん」

「くんなよぉ」

まるでだだっ子である。実際、素振りをしているので近づけない。

しばらく稔と椎名のあいだには、ぶぅん、ぶぅん、ぶぅん、とバットの音だけしかなかった。

「おまえ、映画観て泣いたんだってなあ」

「え？」

「優里ちゃんが教えてくれたよ」

ばれていたのか。

「峰崎さんはきちんと喜怒哀楽ができるひとですよって。優里ちゃんにそう言われたよ。それどころか、たいへん感情豊かなひとで、うれしいときには笑うし、悲しいときには泣いてましたって」

ぶぅん、ぶぅん、ぶぅん。

「おまえさぁ、おれの前でも笑えよ。泣けよ」

「はあ」

「おまえ、あれだよな。坂岡女史と働くようになってから、生き生きしてさ、仕事もばりばりやってんじゃん」

「だってどうせこの異動は断れないって、椎名さん言っていたじゃないですか」

「そうは言ったよ。だけどね、坂岡女史について歩いてりゃあ、おまえなんか早々にあごだしちゃって、到底できません、勘弁してくださいって、おれんとこに泣きついてくると予測していたの。そしたらおれも鬼じゃないさ、人事とかけあってどうにかしてやろう、異動前だったら無理きくだろうと思ってた。ところがどうよ。やる気マンマン、オットセイになっちゃってさ」

「なんですか、オットセイって？」

「いいよ、知らないなら。なんかそうなっちゃうとさ、おれがおまえをつかいこなせなくて、腐らせていたってカンジになるだろ」

「そんなことないですよ」

「そうなの。そういうことになるの」

ぶぅん、ぶぅん、ぶぅん。

いつかの夜のように、今優里がとなりのビルの屋上に現れることはなかった。

「じつはその」

「なんだよぉ」

「おれ、今日、ひとりで外回りしたんですよ」

「知ってるよ。朝、坂岡女史が病欠するって電話とったの、おれだもん。峰崎ひとりで渋谷歩かせるのかって言ったら、だいじょうぶよって言われた」

「だいじょうぶじゃありませんでした」

椎名は素振りをやめ、稔のほうに顔をむけた。

「やっぱ、あの仕事は坂岡さんじゃないと無理ですよ。渋谷は彼女の技量でもってるんです。それが今日、よくわかりました」

「どっか断られたのか」

「一件、はっきりと言われちゃいました。うちは富萬食品と仕事しているんじゃなくて、チアキちゃんとしているんだって」

「チアキちゃん？」

「坂岡さん、顧客には下の名前で呼ばれてることが多いんですよ」

「ふぅん」

「ほかのところもね、はっきりそうは言わないし、まだ断られてもいませんが、なんとなくそんな雰囲気を醸《かも》しだしてくるんです」

「おまえの気のせいだよ」

「ちがいます。わかるんです。坂岡さんだと、顧客の顔がぱっと明るくなるんですよ。きてくれた、うれしいって。犬だったらしっぽふるどころか、お腹《なか》見せちゃうぐらいの親しみの情をこめてです。あんなのかないませんよ。おれが担当してたら、そのうち顧客がひとり減り、ふたり減り、ってことになりますよ」

稔はうつむき加減でしゃべっていた。視界に、ぬっとバットがあらわれた。椎名がさしだしたのだ。

「素振り、やってみなよ。少しは気晴らしになる」

稔は言われた通りにした。

「おまえ」椎名は煙草を吸いだしていた。

「なんです？」

「ひどいフォームだなあ。よくそれで優里ちゃんに、ああだこうだ、教えていたもんだ」

「おれ、野球できませんもん」

「マジ？」

「マジです」

それから椎名はいくつか指摘し、稔にフォームをなおさせた。

「さっきの話だけどね」

「はい？」稔は素振りをつづけながら応《こた》えた。

「だれも坂岡女史みたいにはできないさ。しかも元ホープで十年いてつかいものにならなかったおまえが引き継ぐんだ。顧客が離れていっても、あいつじゃあ、しようがねえなって思われるぐらいなもんだよ」

「そんな」

「そんだけ気楽にやれって言うの。今日、断られた客に二度とくんなって塩まかれたわけでもないんだろ」

「そりゃまあ」

「だったらまた足運べばいいさ。新商品でましたんで、あいさつにうかがいましたぐらいはできんだろ」

「椎名さん」

「なに？」

「そういうことしたことあるんですか」

「あるよ、もちろん」

「なんでいままでそういうアドバイスしてくれなかったんですか」

「やる気のないおまえには言っても無駄だと思ってたんだよねえ」

やれやれ。

「ともかくもうおれに泣きついても遅いから。二課に戻してやらんから。おまえ、一課で、渋谷担当、がんばるしかないから」

「わかりましたよ。ところで椎名さん」

「あん？」

「ご相談したいことがあるんですが」

母から手紙がきていた。珍しいことではないが、妙にでかい。本でも入っているのかと思って開くと、ビデオテープだった。

お墓参りへいってくれてありがとう、とまず記してあった。ところが祖父の幽霊はまだでるらしい。

〈だけれども以前のようにうらめしそうにはしておらず、ほがらかに笑っているだけなので、怖くもなければうっとうしくもありません。ときどき母さん（稔くんにとってはお祖母《ばあ》さんですね）がいっしょにでてくるときもあります。三人そろうと渋谷で暮らしていたことが思いだされ、母さん（わたしです）はしくしく泣いてしまいます。

すると父さんと母さんがなぐさめてくれます。声はだしません。ただそっと肩にふれてくるだけです。そうすると安心してよく眠れます。このことは父さん（おまえの父さんだよ）には話をしていません。わたしがどうかしてしまったかと心配するからです〉

おれだって心配になるよ、と手紙にツッコミをいれた。

〈ところで話は変わりますが、このあいだ、掃除をしていたらこんなものがでてきました。お祖父《じい》さんが撮ったビデオテープです。貼《は》ってあるシールには、『稔／運動会および文化祭／S61』とあります。うちのビデオデッキでは見ることができませんでした。稔くんのではどうでしょう。お送りしておきます〉

稔のデッキでも見ることはできなかった。

なにせテープはベータだったのである。

10

「おはようございまぁす」

水曜日の朝、屋上でひとり煙草を吸っていると今優里があいさつをしてきた。

「おはよう」

「ひさしぶりですね、ここで会うの」

「ああ、そうだね」

「なんか新鮮です」

稔もだった。

「椎名さんはどうしました？　昨日もいらっしゃらなかったけど」

ついさっき誘ったところ、稔はこう言われた。

おまえらふたりがいちゃいちゃしているのを見るのは我慢ならない、おれは煙草を止《や》めた、屋上へはもういかない。

「煙草、止めるって」

「へえ。できるんですか」

「さぁ。どうだろ」

「煙草止めてもいいから、あたしにはバッティングフォーム、指導しつづけてほしいなあ。正直、峰崎さんよりも、椎名さんの教え方のほうが的確でわかりやすいんですよ」

「本人に伝えておく」

「よろしくお願いしまぁす」

下に降りていくと、坂岡が出社していた。稔に気づくと、「あっちで打ちあわせしよ」と窓際《まどぎわ》のほうを指さした。

「この二日間、ひとりでまわってみてどうだった？」

打ちあわせ用の丸テーブルを囲むとさっそく坂岡がそう言った。

「人生について考えさせられました」

「そりゃ、けっこう」

それから稔はこの二日間の報告をさせられた。受注した商品や数字などについてよりも顧客とどんな会話を交わしたかを坂岡は詳しく知りたがった。元野球選手にはこう言われましたと話せば、坂岡は「こういう言い方だったろ」とじょうずに彼を真似《まね》てみせた。「あのひと、前日にネーチャンとうまくいかないと不機嫌なんだ。それから？」

スペイン料理店のオーナーについては「からかわれたんだよ」と坂岡は笑った。

「そんなのいちいち真に受けてたら身が持たないよ。あの食材は他ではあつかっていないし、彼女だってぜったいつかいたいはずだからさ、もっと強気にでたほうがいいよ。あと、あたしじゃないからって断ってきたオタンコナスは？　ああ、あそこのオヤジか。いくたびにゴルフ教えてやるだの、カラオケいこうだの誘ってくるいやなヤツだった。たいした取引額じゃないくせにいばりやがってさ。こっちから願い下げだっていうの。ま、いいや、退職のあいさつにはいくつもりではいるからさ、そんときちょっと話してみるよ。それから？」

二日間まわった十七件の話が終わるまで、昼飯（コンビニのおにぎりだ）を食べつつ、四時間強かかった。

「で、どうよ」

「はい？」

「ひとりでやってけそう？」

「坂岡さんのようにはちょっと」

「そりゃそうよ。ここまでやんのに、わたし、どんだけ時間かけたと思ってるのよ。そうおいそれと簡単にできるようになられちゃあ、たまんないわ」

冗談とも本気ともわからない口調である。

「坂岡さん、ひとつ質問していいですか？」

「なによ。あらたまって」

「どうして会社辞めるんです？　結婚してもつづければいいじゃないですか。有馬さんにそうしろとでも言われたんですか」

「彼はむしろつづけたほうがいいって言ってくれたわ」

「だったらどうして」

「こないだ鞄《かばん》と家賃で今月分の給料なくなるって言ってたけどさ、峰崎くんっていまどんくらいもらってるの」

突然の質問に稔は戸惑った。

「それ、答えなきゃ駄目ですか」

「いいじゃん。教えてよ」

稔は声をひそめ答えた。

「わたしより多くもらってるよ、きみ」

「え？」

「仕事の実績より学歴と性別で給料の差があるってことなの。ま、わたしは基本給のほかにいろいろつけてもらってるから、優遇されてるほうっちゃほうなんだけどね。だけどこれからさきどうがんばっても、わたしがこの会社で管理職になることはないわ。あと五年も経《た》てば、きみがわたしの上司になるのは目に見えている」

「そんなことは」

「じゅうぶんあり得るわ。それにさ、正直言っちゃうとね、わたしの退職後にきみが大失態を犯してくれないか、心の底でのぞんでいるんだ」

坂岡の告白に、稔は背筋が冷たくなった。

「どういうことです、それ？」

「心配しないで。だからって、わたしはきみへの引き継ぎや指導には手を抜くつもりはないわ。顧客にだって今後とも富萬食品をよろしくお願いしますと頭をさげる。そうやってさ、ぜぇんぶわたしと同じ条件でなおかつ国立大卒のきみが大失態。ああ、坂岡だったらこんなことにはならなかったろうにって。そのとき、はじめて会社はわたしの存在を認めてくれる」

そして坂岡はうっすら笑った。

「負けませんよ、おれ」

稔は言った。自然にそう口にしていたのだ。

「おれ、坂岡さんには負けません」

しばらく間があってから、坂岡はぷっと吹きだし、げらげら笑った。

「な、なんで笑うんです？」

「だって峰崎くん」彼女の笑い声はオフィス中に響いた。何事かとみんなこちらを見ている。

「すっごく人間っぽいんだもん」

人間だっていうの。

それから稔は社内で二課の仕事をこつこつしていた。坂岡は仕事よりも荷物の整理を主にしているようだった。

「ねえ、峰崎くん」夕方の五時すぎ、坂岡が声をかけてきた。「いまからでれる?」

「はい?」

「『ホットパンツ』のオーナーが、紹介したいひとがいるんで、きみとふたりでいますぐにきてくれっていうんだ。どう?」

「いいよいいよ、いってきな」と言ったのは椎名だ。「あとはおれ、やっとくから」

「じゃ、ちょっといってきます」

ところがである。渋谷に着いた途端、『ホットパンツ』のオーナーからふたたび坂岡へ電話があった。

「あ、はい。そうですか。ええ。了解しました」

「どうしました？」

ケータイをしまう坂岡に稔は訊《たず》ねた。

「なんかヘンなのよ。あわせたいひととかいうのが、まだきてないんで、三十分後にしてくれって。どうする？ 茶でもしよっか」

「マックはいやですよ」

「じゃあ、どこよ」

マックいくつもりだったのか。

「円山町の入り口あたりにコーヒーショップがありますから、そっちのほういきましょう」

「高いんでしょ、そういうとこ」

「おれ、おごりますって。さ、いきましょ」

『ホットパンツ』の入り口には『八時半まで貸し切り』という札がかかっていた。

「珍しいわねえ、ここが貸し切りなんかするの」と坂岡が首をかしげた。店へ入ると、オーナー自らがでむかえてくれた。今日もピンクのシャツにピンクの背広にピンクのパンツにピンクの靴だ。

「いやあ、申し訳ない、いろいろ準備に手間取って」

「準備？」と坂岡が聞き返した。

「いやいや、ささ、どうぞどうぞ。ささ、峰崎くんもご苦労様。ささ」

オーナーに言われるがままに階段を下りていった。

「どういうこと、これ？」

階段を下りきったところで、坂岡が不審げに言った。それはそうだろう、店内が真っ暗なのだ。

「貸し切りってあったけど、お店やってないじゃない」と言いつつ、彼女は暗闇《くらやみ》の中にひとがいることに気づいたようだった。

「イッツ・ア・ショータァァァイムッ！」

オーナーがそう叫ぶと、部屋の灯りがつき、ぱんぱぱんぱぱぱぱぱぁぁぁん！とあちこちでクラッカーが鳴った。

「な、なによ、な」

店内には大勢のひとがいた。富萬食品の営業の人間達をはじめ、坂岡の顧客も数多くいた。総勢百名はくだらないだろう。この会を催すのを決めたのはわずか二日前である。それから連絡をして集めたにしてはとんでもない大人数だ。しかもその全員が『ホットパンツ』の制服を着ている。男女問わずである。小野寺が着ているTシャツなどいまにも張り裂けそうだ。

「な、な、な」

坂岡が混乱しているあいだに、稔もスーツを脱ぎ、ワイシャツ、ズボンをその場で脱いだ。オーナーもだ。ふたりとも下に『ホットパンツ』の制服を着ていた。

稔は坂岡との打ちあわせが終わったあと、トイレで着た。四時間近くその格好でいたので、身動きがとりづらく困ったものだ。

稔は坂岡の前に立ち、「それではこれより坂岡千明さんの送別会をとりおこないたいと思いますっ！」と声を張り上げた。店内にはいつものように曲が鳴りだした。

「ど、ど、どういうこと？　峰崎くん」

坂岡はいままで見たことのない顔つきになっていた。怒りたいらしいが、まわりの人間の尋常でない格好に、笑いだしそうでもあった。

「わたしは、そ、そ、送別会は」

「まあ、そう言わずに」

そう言っておもむろに前へでてきたのは南方家族の有馬だ。彼もまた『ホットパンツ』の制服に身をつつんでいる。

「な、な、なにしてるの、あなた」

「こうやって大勢のひとがきみとの別れを惜しんでいるんだよ。ありがたいことじゃないか」

「そんな格好じゃ、惜しんでいるようには見えないわ」

もっともだ。

『ホットパンツ』でサプライズパーティーよろしく、送別会をしようと考えたのは稔だ。しかしみんなで制服を着ようと言ったのは椎名である。

着てみたかったんだよぉ、おれ。あの制服。

意外なことに小野寺もそれを了承した。

『ホットパンツ』のオーナーに連絡すると快諾された。VIPルームのつもりでいたが、彼のほうから店を貸し切りにしようと提案してきた。社内だけではなく、チアキちゃんの顧客達も呼ぼうとつけくわえた。

坂岡はさらに文句を言いたげではあったが、みんながみんな、ピチピチTシャツにホットパンツでは機先をそがれたようだった。

おとなしく指定された席に腰をおろし、主賓に甘んじた。有馬が彼女のとなりに座る。

「お酒、なにか呑《の》まれます？」

稔がきくと、坂岡はそれには答えず、「渋谷駅で『ホットパンツ』のオーナーが三十分時間を遅らせたのは、会社の人間をここへ移動させるためだったわけね」と言った。

「ご名答です。けっこうみんなぎりぎりでしたが」

「ここへくる前のコーヒーショップで、何度もケータイみてたけども」

「椎名さんからのメールです」

「山口と竹田もよくいやがらずに着たわね、この服」

「坂岡さんをよろこばせるためならばと」

「べつにわたしよろこんでないし、ついでにいえば会社の男達もよろこんでないようだけど」

きびしいことを言う。

「それにしてもやってくれるわね、峰崎くん。いや、今日は敢えて稔くんと呼ぼうか」

「まだまだですよ、チアキさん」

「なによ、まだまだって」

稔は表参道ヒルズで買った鞄から『ホットパンツ』の制服をだした。ここへはじめてきたとき、坂岡に無理矢理押しつけられたものだ。

「主賓にもぜひ、これを着ていただかないと」

坂岡は一瞬だけ、あの怖い顔になった。

「稔くん」

「なんでしょう」

「性格悪いね」

「よくひとに言われます」

「直さないの」

稔はにやりと笑ってこう答えた。

「直したらおれではなくなるんで」

11

「どうぞ、こちらへ」

不動産屋の男はにこやかな笑みを浮かべつつ、稔と今優里を招き入れた。

「失礼しまぁす」

不動産屋がだしたスリッパに履き替え、今優里がさきに入った。稔は新品のスニーカーが脱ぎづらく手間取ってしまう。

「これでおいくらでしたっけ？」

「十万五千円です。管理費をいれるとちょうど十一万ですが」

「ですって。どう、峰崎さん」

稔はようやくスニーカーを脱ぎ終わりスリッパを履いた。

「うん、まあ」

陽当たりがよくない。稔はケータイで時刻を確かめた。一時三十三分。この時間で、南東角で、快晴というのに部屋は薄暗かった。

今優里が窓を開けていた。開けた途端、かすかに渋谷の町の騒音が飛び込んできた。祭り囃子《ばやし》もかすかに聞こえる。

「駅はどっちのほうですか」

「駅ですか。左側なんですけど見えませんか？」

渋谷駅まで徒歩五分。家賃のわりに駅まで近いのがこの物件の売りである。

「あぁ、あっちかぁ。ほんとに徒歩五分なんですか?」

今優里の鋭い口調に、不動産屋は気圧《けお》されていた。「も、もちろんです。あとで歩いてたしかめてください」

窓を閉めると、今優里は稔の頭上を見た。

「ロフト、見ていいですか?」不動産屋の返事を待たず、彼女は鉄パイプの梯子《はしご》をのぼってロフトをのぞいた。「案外、広いですね。収納よりも寝室としてつかったほうがいいかも」

「それはもう住む方のお好きにつかっていただければ」と言う不動産屋の視線は、ワンピースからのぞく今優里のふくらはぎに注がれていた。稔は咳《せき》払いをして注意を促したが、効果はなかった。

「優里ちゃん、おれとかわって」

「え?。ああ、ちょっと待ってください」今優里はさらに梯子をのぼっていき、「よっこらせ」とロフトへあがってしまった。

「寝れる寝れる。ねえ、峰崎さん。きてきて」

横目で見ると、不動産屋が下卑た笑いを浮かべ、「どうぞどうぞ」と言った。「ふたり乗って、ちょっとした運動をしたところで、壊れたりはしませんから」

なんだよ、ちょっとした運動って。

そう思いつつ、稔はそろりそろりと梯子を慎重にのぼっていった。

ロフトは一畳足らずだった。天井までの距離もきわめて近い。立つことはもちろん、中腰すらできないだろう。

そこに今優里は目をつむって横たわっていた。

「あのさ」と声をかけても瞼《まぶた》を開こうとしない。まさか本当に眠ってしまったわけではあるまい。稔はもう一段、梯子をあがった。ロフトに身をのりだし、彼女の顔をのぞきこむような体勢になる。控えめな化粧の匂《にお》いが鼻をくすぐった。

「ねえ」

もう一度呼びかける。すると今優里は静かに瞼を開き、半身を起こすと、稔の唇に自分の唇を重ねてきた。一瞬の出来事で、稔には何が起きたのか理解できないほどだった。舌が入ってこなかったのはたしかだ。

「ここを寝室につかうとして、他に収納はあるんですか」

気づくと今優里はロフトから顔をだして、不動産屋に質問している。

「ありますよ。こちら側のこの壁がじつは」

「あ、ちょっと待ってください」今優里は稔の顔をのぞきこむように見た。

「な、なに？」

「峰崎さんが降りてくださらないと、わたし、降りられないんですけれども」

「う、うん。ああ」

「やっぱ無理ですよね」

２４６沿いに歩いている最中、今優里がふいに言った。

「え？」

「あのマンションから五分で渋谷駅なんか、ぜったいいけないですよね」

「あ、ああ」

「なんか薄暗かったし、あの部屋」

「おれもそう思った」

「またべつの探しましょうね」

「うん」

「しばらくデートは峰崎さんの部屋探しってことで」

「悪いね」

「いいですよ」

稔はまだ自分が今優里とつきあっているのかどうか、わからない。こうして幾度かデートをしているだけだ。

バッティング指導には椎名があたっている。やっぱ、おれじゃないと駄目なんだあ、と椎名はとてもうれしそうだ。最近では屋上だけではなく、バッティングセンターにもふたりで通っていた。その帰り、稔が合流することもあった。

「お祭り、見てこうか？」

「その前にちょっと寄りたいところがあるんです」

「どこ？」

「『東急ハンズ』」

祭りは二日間あり、明日、稔と今優里は神輿《みこし》をかつぐ予定だ。『ホットパンツ』での送別会のとき、ふとしたきっかけで神輿の話をすると、椎名や小野寺、坂岡と有馬までもが参加したいと盛りあがった。その場で『ホットパンツ』のオーナーが神輿のかつぎ方のレクチャーをはじめるほどだった。あの制服でみんな練習したのである。坂岡も観念してピチピチTシャツとホットパンツになっていた。意外と似合ってますね、と稔が言うと坂岡ではなく、旦那《だんな》になるひとにこわい顔でにらまれた。ただのお世辞だったのに。

その後、アメさんに参加者を伝えると、多ければ多いほどいいよ、と歓迎された。

ところでビデオ見た？

まだだと答えたが、じつは見た。元トレンディ俳優の泣きの演技が気になってならず、でてくる学校もたしかに母校ではあるが、ちがうなにかにしか見えなかった。

祖父の撮影したものはどうなのだろう。

ウェッブで検索すれば、ベータのテープをＶＨＳなりＤＶＤにダビングしてくれる会社が見つかるかもしれない。

だがいまそれをするつもりはなかった。

過去を懐《なつ》かしがることよりも、やらねばならないことが多かった。

坂岡が会社を去って二週間経《た》つ。まだ仕事のやりかたが定まらず、つまらないミスをいくつかやってしまった。坂岡がのぞむように、いつか自分が大失態を犯すのではないかと緊張の日々だ。しかし怖れていてはなにもできない。前へ突き進むのみだ。

負けるものか。

メニューだって考えるし、新商品の売り込みにだって力をいれている。来年からは新規開拓にだって乗りだすつもりだ。フライヤーは顧客によろこばれた。今度は来年のカレンダーをつくりたいと言われた。ジュンちゃんには礼の電話は入れていない。

彼女には彼女の生活がある。仲間がいる。
そしておれには。
スクランブル交差点へでた。信号は青だが点滅している。
「渡っちゃおう」
稔はそう言って今優里の手をはじめて握った。彼女も強く握り返してきた。
人ごみの中、センター街へむかって走る。
負けるものか。
走りながら稔は胸の内で繰り返す。
負けるものか。
負けるものか。

女房が里帰り

椎名《しいな》はトイレの個室にいた。便座に腰掛けているが、ズボンは脱いでいない。用を足すために入ったのではないからだ。昼寝をするためである。

瞼《まぶた》を閉じてウトウトとしかけたとき、けたたましい音楽が個室に鳴り響いた。数年前に放映されていた特撮ヒーロー物のテーマソングだ。椎名は慌《あわ》てて、ズボンの前ポケットからケータイをとりだした。私物である。会社のケータイはデスクに置いてきた。せっかくの昼寝を仕事のことなどで妨害されたくない。

しかし妻の由比子《ゆいこ》からの連絡は別だ。心待ちにしていたくらいである。彼女はいま東京にいない。小三の息子、天馬《てんま》が夏休みに入るとすぐ、彼を連れて自分の実家に帰っていた。

今日で一週間になるが、椎名は毎朝、出社する前に由比子へメールを送っている。内容はだいたいおなじ、今朝はこうだ。『おはよう。元気にやってる？　東京は曇だけど、そっちはどう？』

一日目には五分もせずに返信があった。二日、三日と日が過ぎていくうちに遅くなっていった。一週間経《た》った今日はいま、午後三時十五分だった。

由比子からのメールはタイトルも本文もない。天馬の写真が添付されているだけだ。いつもそうだ。今日のメールもである。仕方がない。由比子は忙しい。朝から晩まで、実家の旅館を手伝っているのだ。

息子の天馬はそのあいだ、旅館に暮らす従兄妹《いとこ》達三人と遊んでいる。由比子の弟の子供達だ。いま送られてきた写真には、天馬だけではなく、その従兄妹達もいっしょだった。みんなで木に登っている。旅館の裏にある桜にちがいなかった。天馬は満面の笑みを浮かべている。これまでの写真もすべてそうだった。息子は東京にいるときよりも、ずっと活き活《い》きしている。楽しくてたまらないのだろう。

椎名にだって故郷はある。しかし両親はとうに鬼籍に入り、実家は十歳上の兄が妻子と暮らしていた。兄とは仲が悪いわけではないが、歳《とし》が離れているせいもあり、いまではほとんど交流がない。最後に会ったのが、いつだか思いだせないくらいだ。

椎名はケータイをポケットにしまい、ふたたび瞼を閉じた。

「椎名さんっ。椎名さん」

峰崎《みねざき》が呼ぶ声が聞こえる。この春、営業一課の課長に昇進した元部下には、三十分経ったら起こしにきてくれと言ってあったのだ。

うっさいな、もう。せっかくいい気持ちでいたのにぃ。

寝ぼけ眼をこすりながら、腕時計に目を落とした。三時二十三分。さきほどから十分も経っていない。

「んだよぉ」

「生駒《いこま》屋のご主人から、いま電話がありました」

「あそこには今日、安西《あんざい》がいってるぞ。いまごろ打ちあわせをしてるはずだが」

安西は入社して四ヶ月近くになる四大卒の新人クンだ。今日はじめて、ひとりで打ちあわせにいかせた。それが得意先のひとつで、富萬《ふまん》食品とは十年来のつきあいの生駒屋である。昨日、椎名が電話をかけ、三時の約束をとりつけてやった。安西は二時前に会社をでている。

「用件は彼のことだったんですが」

あの新人、早速、ヘマをやらかしたか。

便座から立ち、ドアを開く。目の前に峰崎がいた。結婚してから、顔に丸みが帯び、腹もせりだしてきた。幸せ太りにちがいない。椎名はそれがおもしろくなかった。だれにせよ、他人の幸せは妬《ねた》ましいのだ。

「どういうことだよ。まだ着いていないとかか？」

これまで安西は椎名にくっついて、五回も生駒屋に足を運んでいる。電車を乗り違えたり、道に迷ったりすることはないはずだ。

「いいえ、ちがいます。安西くんをうちの担当にするつもりなら、富萬食品からは、今後いっさいモノは買わないって、えらい剣幕で」

ヘマどころのさわぎではなかった。

生駒屋の主人は物腰が低い、温厚な人柄である。怒ったところなど、取引をはじめてからこの十年、見たことがない。

「いったい、なにしでかしたんだ、あの新人は」

「生駒屋の主人が新メニューの食材を発注してる最中に、ケータイをいじくりだしたらしいんですよ。なにしてるんだって、聞いたら、あなたには関係ないことですと答えたそうで」

「しようがねぇなぁ」

安西のはケータイではなく、iPhoneのはずだ。生駒屋の主人に見分けがつくはずないが。おれだって本人に言われて、はじめてわかったし。

とりあえず安西に連絡するか。それとも生駒屋に詫《わ》びの電話をいれるのが先か。そう考えながら、トイレからでていこうとする椎名を、「それであの」と峰崎が引き止めるように言った。

「なんだよ」

「安西くんなんですが」

「ヤツからも電話があったのか？」

「ありません。生駒屋の主人が追い返そうとしたら、その程度のことで怒るあなたがどうかしている、発注をしていただかない限り、帰るつもりはないと店の前に居座っているそうです」

椎名は丸顔になりかけている峰崎を、真正面から見据えた。

「嘘《うそ》だろ」

「生駒屋の主人が言うんだから、まちがいないですよ。五時の開店までに彼を引き取りにこなければ、担当を変えたとしても、富萬食品とのつきあいは今日までだと」

峰崎が言いおわらないところで、小野寺がトイレにのっそりと入ってきた。

「なんだ、椎名。まだいたのか」

その横柄《おうへい》な物言いに、椎名はカチンときたが、なにも言わずにいた。この春、小野寺は営業部長に昇進している。つまりいまは直接の上司なのだ。彼は椎名達の横を通り過ぎ、いちばん奥の小便用の便器の前に立った。

「生駒屋でなにかトラブルがあったらしいな。早くいったほうがいいぞ」

じゃあじゃあと音がしだした。モノはどうか知らないが、音は馬並だ。

「火種は小さいうちに処理したほうがいい」

なに偉そうに。わかってるよ、そんなこと。

「すぐいってきます」

小野寺の言葉を背に、椎名はトイレをでた。

調布駅の北口をでて、パルコを左手に見ながら、横断歩道を渡る。曇り空で陽射《ひざ》しはないが、湿気が多く蒸し暑い。なにより風が強かった。

細い路地に入ると、生駒屋が見えてきた。暖簾《のれん》がかかっていない入り口の前に、安西が突っ立っている。身長が百八十センチ以上あるので、遠目からでも彼だとわかった。

ところが安西のほうといえば、かなり近距離になっても、椎名に気づかないでいた。両耳にイヤホンをつけ、ｉＰｈｏｎｅをいじくっているせいだ。外回りでいっしょに電車に乗っているときもこうだった。

どんだけ自分の世界に引きこもっていたいのやら。

少しはコミュニケーションをとろうと、なにを聞いているんだい、と椎名が訊《たず》ねたことがある。するとだ。

言ってもおわかりにならないでしょう。

まさかそんな答えが返ってくるとは思ってもいなかったので、椎名は言葉を失った。手を伸ばせば優に届くところでもまだ気づかない。

やんなっちゃうな、ほんとに。

安西に声をかけようとしたときだ。彼のうしろで、がらがらと引き戸が開き、生駒屋の主人が姿を見せた。

「まだいたのか、あんた。いい加減にしないと警察呼ぶぞっ」

たいへんご立腹だ。ふだんとはまるでちがう険しい顔つきの彼は、安西よりもさきに椎名に気づいた。

「この若造、早く連れ帰ってくれ。いつまでもこんなとこにいられちゃあ、営業妨害だ」

「申し訳ありません」

椎名が詫びても安西は平然としている。空気が読めないというよりも、もともと読む気がないのだ。太々《ふてぶて》しいからか。ちがう。無神経？　身勝手？　個人主義？　いずれも当てはまっているようで微妙にちがう。

「謝ることなんかないですよ」イヤホンを外しながら、安西はそう言った。「あなたもそうテンションあげずに冷静になってください。ね？」

「ふざけるのもたいがいにしろ」

あなた呼ばわりされた生駒屋の主人は、さらに顔を赤くし、椎名の胸倉を摑《つか》まんばかりの勢いになった。椎名は慌てて、ふたりのあいだに入った。

十五分後。

生駒屋の主人に笑顔が戻っている。椎名が平身低頭に詫びたのち、キャバクラで接待することを約束したからだ。

「だったらさ、椎名さん、渋谷に昼間、やってるキャバクラあるの知ってる？」

「昼キャバでしょ。モチ、おれもチェック入れてましたよぉ」

「それいかない？」

「昼間っからパァアアアッとやりましょうか」

「やろやろ。ぜひやろ」

「いついくかもいま決めます？」

そう言いながら、椎名は鞄《かばん》から手帳をだす。

「うちの店、お盆はお休みいただくのね。椎名さんはどうするの？　里帰りしたりする？」

笑顔で接客する由比子と、木によじ登る天馬の姿が、脳裏をよぎった。

「いえ、おれは東京にいますよ」

「じゃあさ、八月八日はどう？」

「オッケーです」

オヤジふたりが大はしゃぎをしているのを、安西は冷ややかな目で見ているだけだ。いまどきの若者って、みんなあんなもんなのかなぁ。いや、ちがう。そうじゃなかったぞ。

富萬食品は昨年末、三十代の女性がひとり寿退社し、今年の三月には男性ふたりが定年退職を迎えた。そして人員を補充するため、五年ぶりに新卒を採ることにしたのだ。さすがは就職氷河期、応募者数は百名を超したという。

椎名も一次面接の面接官を仰せつかった。三十名から四十名の大学生とそれぞれ十分にも満たないあいだだが、簡単な質疑応答を交わしている。いまどきの若者のほうが、自分が若いときよりもずっとしっかりしているというのが、そのときの感想だった。面接で外面をよくしていたというのもあるかもしれない。それでもみんなウチの会社でじゅうぶんやっていけるはずだ。

なのにどうして、こんなヘンテコなヤツを、採用しちまったんだ？

椎名が面接した中に、安西はいなかった。もしいたら、ためらいもなく×印をつけていたはずだ。

いったいだれがこいつに○印をつけちまったんだよ。

峰崎も面接官をしている。おまえが○印をつけたのか、と彼に訊ねたところ、おれは×印をつけましたよ、ときっぱり言われた。

「なぁ、おい」

生駒屋をでて、調布駅へ戻る途中だ。椎名は安西に話しかけた。頭ひとつぶん大きいので、見上げねばならないのが癪《しゃく》だが、こればかりはどうしようもない。

「喉《のど》、渇いたろ。お茶、してかねぇか」

「はあ」

覇気のない返事だ。だれかに似ていると思ったが、なんのことはない、数年前までの峰崎だった。だがそのあとがちがっていた。

「おごってもらえますか」

正面切って言われては断ることもできない。

「ああ、おごってやるさ」

ほんとに喉の渇きを癒《いや》すだけのために、喫茶店に入ると思っているのだろうか。そんなはずないだろ。おまえがどうして生駒屋の主人にあんな態度をとったのか、訊《き》きたいんだよ。

安西の言い分を聞いたうえで、なんにせよ会社にマイナスになるような真似《まね》はやめろと注意を促すつもりでいた。ひとに対して説教めいたことを言うのは、自分の柄ではない。正直、気恥ずかしいくらいだ。

でもおれ、こいつの上司だしなぁ。いいよなぁ、峰崎は。

営業一課にも今年の四月に新卒が入った。しかも女性だ。田辺真奈という。椎名は彼女のことをマナちゃんと呼んでいた。ただし胸の内だけでだ。面とむかってなんて言えやしない。

マナちゃんは椎名の好みのタイプではなかった。三年以上昔に辞めた坂岡千明に似ている。顔というより、ぜんたいの雰囲気がだ。鼻っ柱が強くって、小生意気なところなどそっくりのように思う。

それでも二十二だか三のうら若き女性だ。つい先日、峰崎にミスを指摘され、顔を赤らめているところを見たが、初々《ういうい》しくて可愛《かわい》らしかった。

峰崎のヤツ、マナちゃんと得意先へむかう道すがら、たとえば道玄坂をのぼりながら「峰崎さんの奥さんってどんな方なんです?」「そんなこと聞いてどうするんだ」「いいじゃないですか、教えてくださいよ」「ふつうだよ、ふつう」なんてありきたりな、それでいてちょっとくすぐったい会話を交わしているんだろうなぁ。いいなぁ。本気で羨《うらや》ましくなってきちゃったよ。

京王線の踏切を渡り、しばらく歩いてから椎名はなじみの喫茶店に入った。店内は昔、どの席で煙草《たばこ》を吸おうとかまわなかった。ところが数年前、たぶん健康増進法ができた頃、縦に細長い店内を二つに割るようにガラスの仕切ができた。

椎名が喫煙席に腰をおろすと、着いてきていたはずの安西がいなかった。トイレでもいったのかと思いきや、ちがった。ガラスのむこうの席に座っていた。

「なんでそこに」

「ぼく、煙草、吸わないんで」

安西は平然と答えた。それは知っている。いまの時代、煙草を吸う若者なんて、ツチノコ並に珍しいものだ。

だからって、別々の席に座るのはおかしくない？

おかしなことだと承知でやっているのか、それともおかしなことだなんて微塵《みじん》も思っていないのか。どちらにしても椎名には安西の気持ちが理解できなかった。つづけて安西はこう言った。

「どうぞおかまいなく」

かまうよ。席が離れていちゃ、話ができないでしょ？

こっちへこい、と命じたところで、安西はこないに決まっている。この四ヶ月近く、行動を共にしているが、一事が万事、こうだったからだ。

なにしろ社長も参加した新入社員の歓迎会を、はじまって一時間もしないうちに、もういいですよね、と去ってしまった男である。みんな呆気《あっけ》に取られ、とめることができなかった。

あそこまでマイペースが徹底していると、立派なもんだよな。

小野寺がそう言っていたが、冗談ではない。そんなヤツの面倒を見なきゃならない、こっちの身にもなってほしいというものだ。

自分から安西のほうへいくのも腹立たしい。

しようがない。話をきくのは会社に戻ってからにするか。

煙草を口にくわえたところで、チャパツのウェイトレスが注文をとりにきた。さしだされたメニューを受け取ることなく、椎名はアイスコーヒーを頼んだ。

百円ライターで煙草に火をつけた。煙草を吸うより他、することがない。こんなことであれば、駅前の売店で夕刊フジでも買ってくればよかった。いや、こんなことになるなんて予想できるはずがなかった。

ケータイを開き、さきほど送信されてきた息子の写真を見ることにした。

由比子と天馬は去年一昨年と、夏休みがおわる間近までむこうにいた。今年もきっとそうだろう。

この話を酒席でしたことがある。するとだれかがこう言った。

一ヶ月半も自由の身か。羨ましいな。

その場にいたみんなは声をあげて笑った。妻帯者はとくにである。幸福な結婚生活を送っているはずの峰崎もだった。

自由の身。まちがってはいない。椎名もそう思い、去年と一昨年の夏は、仕事を終えて夜ともなれば、職場のだれかを誘い、あちこち呑《の》み歩いたり、キャバクラにもいった。

今年はちがう。まだ一週間なのに、寂しくてならなかった。夜ひとりで家にいると、泣きたくなるほどだった。

理由はさだかではない。だがいまこうして、写真にうつる息子の笑顔を見ると、その一片がわかったような気がした。

椎名は天馬とよく遊ぶ。よその父親よりもずっと多くだ。休日ともなれば、公園や遊園地に連れだすし、映画を観《み》にいくこともある。サッカーの真似事もする。テレビゲームやカードゲームに興じることだってある。天馬がやりたいということはなんだってした。

ところが近頃、天馬は写真のような笑顔になることは滅多にない。笑いはするものの、それが椎名には愛想笑いに見えてならなかった。

去年、由比子の実家に迎えにいったときのことだ。旅館の玄関で父を見つけた途端、天馬は声をあげて泣きだしてしまった。

東京になんか帰りたくないよぉ。ここにずっといたいよぉ。

帰りの電車の中で天馬は拗《す》ねたままだった。東京に着いたら、欲しい玩具をいくらでも買ってあげると言っても、あまり効果はなかった。

由比子も東京で専業主婦をしているより、実家の旅館を手伝っているほうが楽しいらしい。フロントで接客をしているのだという。彼女が働いている姿を目の当《ま》たりに《あ》したことはない。しかし実家から戻ってくると、しばらくは自分がどれだけ働き者で役に立つ存在であるかをうれしそうに話した。

要するにおれは、ひとり取り残されて、寂しがっているってことか。

その寂しさを埋めるものが東京にはなかった。

仕事？　まさか。

キャバクラ？　どうだろう。

二十代後半から四十になる手前くらいまでは、よく通ったものだ。たいがいは接待で、得意先のオヤジどもを引き連れ、会社のお金をつかっていた。天馬が生まれる以前、阿佐ヶ谷に気に入ったキャバ嬢がいたことがあり、自腹で通い詰めたこともあるにはあった。しかしお金がつづかず、三ヶ月であきらめた。

ここ最近はすっかりご無沙汰《ぶさた》だ。このご時勢で、会社が諸経費を切り詰めており、接待をするには事前に部長クラスの許可が必要だった。つまりは小野寺にお伺いをたてねばならぬ。椎名にとってはそれがおもしろくなかった。今度の生駒屋の主人とのは、申請せねばならない。ただし昼日中にいくことは黙っておくつもりだ。

ひさしぶりのキャバクラが楽しみというわけでもなかった。酒が入れば、多少は陽気にもなるだろうし、なにより接待だ、生駒屋の主人のために盛り上げ役をつとめる気ではいる。だが心から楽しめるとは思えなかった。キャバ嬢と会話をしているあいだも、由比子や天馬のことが頭にちらつくにちがいない。

「あの、すみませんが」

アイスコーヒーを運んできたチャパツのウェイトレスに、声をかけられた。ケータイを閉じて、彼女を見上げると、その視線はガラスのむこうをむいていた。椎名もそれにならう。

なんだ、あいつ。

安西がナポリタンを頬張っていたのだ。

昼食？ いや、ちがう。あいつ、昼休みに自分のデスクで、コンビニの弁当、食ってたもんな。じゃ、なんだ、おやつか。育ち盛りかっつうの。それ以上、でかくなってどうする？ ウドの大木がウドの巨木になるだけだろが。

「あちらの方、お知りあいですか？」

「あ、うん。そうだけど」

「伝票はいっしょにして、お客様のところへと言われたのですが、よろしいでしょうか」

「ああ、いいよ。すまないね。余計な手間かけちゃって」

「とんでもありません。どうぞごゆっくり」

ウェイトレスは小さなバインダーに挟んだ伝票をテーブルに置き、去っていった。

ジィイイイ、ジィイイイ。

ケータイが震える音がする。手元にある自分のではない。背広の内ポケットにある会社のだ。とりだして画面を見ると、峰崎からのCメールだった。

『生駒屋の主人、どうでしたか？』

無気力なボンクラ社員だったくせしてよ。いつからひとの心配ができるようになったんだ。おまえはおまえで自分の課のことだけ考えてればいいの。

峰崎が一課に異動になったときは、寂しく思ったものだ。表情に乏しく覇気のない男だったが、つきあいはよかった。三、四年前、屋上で彼とふたり、煙草を吸いながら、今優里《こんゆり》にバッティングフォームを教えたことが懐《なつ》かしい。

『ノープロブレム』とだけ打ち、椎名は返信した。

「すいませぇん」

安西が右手を高く伸ばしている。その格好ときたら、オランウータンが木にぶらさがっているようだった。チャパツのウェイトレスが彼の元に訪れた。

「お皿、さげてよ。それと食後の飲み物、持ってきてくんない？」

ずいぶんと高飛車だ。まさか生駒屋の主人にもあんな態度で接したのではないだろうな。

安西は足元に置いてあった莫迦《ばか》でかい鞄から、ＭａｃＢｏｏＫとｉＰａｄ、そしてｉＰｏｄをつづけざまにとりだし、テーブルの上に置いていった。どれも彼の私物のはずだ。

両耳にイヤホンをつけ、ｉＰｏｄを操作し、それが済むとＭａｃＢｏｏＫとｉＰａｄに電源をいれ、ふたつをちらちら見つつ、両肘《りょうひじ》をついてｉＰｈｏｎｅを忙しくいじくりだした。まさか株の売り買いをしているわけでもあるまい。ツイッター？　その可能性はじゅうぶんある。『おやつはナポリタンなう』とでも書き込んでいるのかもしれない。

それにしても、わざわざ喫茶店で、テーブル狭しとリンゴマークの機械を並べる必要がどこにあるというのだ。

自分の持ち物を世間の皆様に、見せびらかすのが目的であれば失敗だ。無駄である。

安西のすぐとなりにいる大学生らしきカップルは、ふたりきりの世界に浸り切っているし、真うしろの席のオバサン三人は、明日、関東に台風が上陸するらしいという話を、心配半分楽しみ半分といった感じで話している。他の客もだれひとり安西を見ていなかった。

あいつ、給料のほとんどをああいうものに注《つ》ぎ込んでいるんじゃねぇのかな。

それはわからないでもない。椎名も社会人に成り立ての頃は、さほど音楽に興味などないくせして、やたら機能がよく、十万単位のオーディオ機器を買い込んでしまったものだった。どれもいまは残っていない。天馬が生まれてから、部屋が手狭になり、壊れていなくても使わないものは捨ててくれ、と由比子に命じられたからである。致し方がないことだ。椎名自身、捨てるタイミングを見計らっていたところでもあった。もともから椎名はなにかに打ち込んだり、のめり込んだりするタイプではなく、趣味と呼べるものもさしてなかった。

唯一《ゆいいつ》、野球くらいか。見るのもするのも好きだ。小学校に入る前から地元の少年野球チームに入り、中学高校は野球部に所属していた。天馬が通っていた幼稚園のパパ同士で草野球チームをつくり、活動をしていた時期もあった。しかし息子が小学校にあがってからはとんとご無沙汰である。

天馬が野球やってくれたらなぁ。

いくらでも教えてやれることがあるのに、と椎名は思う。子供用のグローブを買い与え、いっしょにキャッチボールをしていたこともあった。手足をとってピッチングフォームも教えてあげた。ところがこれを天馬がひどくいやがり、由比子には無理強いをしてはいけないと叱《しか》られた。

あれ？　なんでまたおれは、天馬や由比子のことを考えているんだ。

煙草の灰を灰皿に落とし、アイスコーヒーを一口飲んでから、安西に目をむける。iPodもMacBooKもiPadもiPhoneもいじっていないし、見てもいなかった。なにしろ瞼《まぶた》を閉じてしまっているのだ。背中を丸め、両腕を組んでいる。イヤホンから流れるなにかに聞き入っているようだ。

そこまではよしとしよう。

口角があがっているのはなんでだ？　笑っているのか？

どうやらそうだったようだ。くくと喉の奥から笑い声を漏らしている。

気持ち悪っ。

そう思ったのは椎名だけではなかった。安西のとなりにいたカップルが、べつの席へうつっていき、台風の話に持ち切りだったオバサン達も、話を中断し、視線を安西にむけていた。ちょっと気の毒そうにだった。

あいつ置いて、さき帰っちゃおっかな。

アイスコーヒーは半分以上、残っている。煙草もあと一本は吸いたい。さてどうしようか。

いや、おれもいいおとなだ。あいつの上司だ。そんなことしちゃ駄目だ。この現実を受け入れねば。

安西の笑い声がより大きくなった。くくがヒヒヒになっている。店内の客ばかりか、レジ横に立つチャパツのウェイトレスも引いている。

椎名は煙草を灰皿でもみ消した。それからゆっくり腰を浮かす。そのあいだ安西から目を離しはしなかった。瞼を閉じたまま、ヒヒヒと笑いつづけている。

よく考えたら、おれ、いいおとなじゃなかったや。あの莫迦、置いてっちゃお。

鞄《かばん》を右手、伝票を左手に、音を立てないよう細心の注意を払いながらレジへむかう。安西の座る席の脇《わき》を、ほとんど忍び足で通り過ぎようとしたその瞬間だ。私物のケータイがけたたましい音楽を奏《かな》でた。

嘘《うそ》だっ。こんな偶然、あってたまるか。

だが実際に起きてしまったのだから仕方がない。ケータイをポケットからだすのと同時に、瞼を開いた安西と目があった。

「どうなさいましたか、椎名さん」

いる。


「い、いや、あの」

トイレにいくところだという言い訳はできなかった。なにしろ鞄を持ってしまって
「お待ちいただけますか」

安西はイヤホンをとると、リンゴマークの機械を順序よく、鞄に入れていった。慣れているせいか、じつに手際がよい。

「どうぞ」

「え？」

いっしょにでるつもりかと思いきや、そうではなかった。安西は自分のむかいの席に座るよう促した。

「ぼく、課長にお話ししたいことがあるんですよ。どうぞ、おかけになってください」

「あ、ああ。じつはな、おれもおまえと話したいことがあって」と言いながら、椎名はそそくさと腰をおろした。

「やだなぁ。だったら早く言ってくださいよ。椎名さんが煙草吸って、えらく寛《くつろ》いでいたから、ぼくもつい自分のことで時間、潰《つぶ》しちゃったじゃないですか」

なんだよ。おれが悪いみたいな言い方するなよ。

椎名はひどい皮肉を言われた気分に襲われた。

「どうしましょう。どちらから先に話をしますか」

「おまえが先でいいよ」

「いいですけど」

「けど、なんだ？」

「けっこう、きつめのことを言うつもりなんですけど、だいじょうぶですか」

仮にもおれは上司だぞ。なのにどうしてそこまで不遜《ふそん》な態度をとることができるんだ？

いい加減、椎名はこの新入社員に呆《あき》れるのに飽きてきた。そして笑いが込み上げ、口元が緩んでくるのを、必死に堪《こら》えねばならなかった。安西がなにを言うのか、楽しみにすらなってきていたのだ。

「おお、いいぞ。なんでも言ってくれ」

椎名は身を乗りだす。そんな上司の反応が予想外だったらしい。安西はちょっと面食らったような顔つきになっていた。目を瞬《また》かせてもいる。それでも彼は気を取り直すように、ひとつ咳払《せき》いをしてから、「さきほど課長は生駒屋の主人をキャバクラに誘っていらっしゃいましたよね」と訊《たず》ねてきた。

「誘ったよ」

「どうしてです？」

「接待に決まってるだろ。あのひとの機嫌をとるには、キャバクラがいちばんの手段なんだ」

「それって意味、あることですか」

「あん？」

「われわれの会社の利益をあげるためには、生駒屋に限らず、取引先の顧客に売上げを伸ばしてもらい、より多くのお酒や食材を買って頂かねばなりません。そうですよね」

「そのとおりだ。よくわかってるじゃねぇか」

いまさら念を押すように言われることでもない。だがどうだろう。実際にそこまで考えて、毎日、仕事をしているとは言い切れない。受注から納品まで、流れ作業でこなしているときもある。むしろそのほうが多いかもしれない。

「ではですよ。あの主人をキャバクラに連れていったところで、生駒屋が繁盛しますか？　先月よりも今月のほうが客足、伸びますか？　もし伸びるのであれば、接待も意味があることでしょう。キャバクラでもどこでも連れていけばいい。でもきっと、そんなことにはならないですよ。ぼくの言ってること、間違っていますかね。どうですか」

正論だ。安西の意見は一ミリの間違いもない。

でもさ。おまえが機嫌損ねちゃったから、こういうことになったんじゃんかよ。

しかし椎名はあえてそうは反論しないでおいた。

「おまえの言うとおりかもしれないな」

「かも、ではありません。ぜったいそうです」

たいした自信だ。ただし自信があっても、それが仕事に伴わなければ意味がない。空元気ならぬ空自信だ。新入社員というのは、多かれ少なかれこういうものである。課長になり、部下を持つようになってから、椎名はそれがよくわかった。昔の自分はこんなではなかったなどとは言うつもりはない。

ま、この男の場合、少し度が過ぎているように思えるが。

椎名は改めて安西を見た途端、あやうく吹きだしそうになり、ぐっと堪えた。生意気な新入社員の口のまわりは、ナポリタンのおかげで、真っ赤に染まっていたのだ。いままで気づかなかったのが、どうかしているというくらいべっとりとだ。そのくせ、勝ち誇ったような表情でいるのだから、おかしくてたまらなかった。

「顧客と呑《の》み食いして機嫌をとるやり方なんて、いくらなんでも古過ぎます。昭和の香りがしてきますよ」

そういえばこいつ、平成生まれだったな、と椎名は思いだした。おれが社会人に成り立ての頃に、生まれたわけか。

「売上向上のため、集客力をいかに高めていくか、そうしたことをわれわれから積極的に提案していくべきだと僕は思うんですよ」

安西の口調はテレビのコメンテーターのようになっていた。

「たとえばどんなのだ」

「はい?」

「いや、だからよ。集客力を高めていくのには、どんな提案すりゃいいんだ?」

「それはあの」

安西の目が泳ぎだした。具体的にはなにもないようだ。これもまた新入社員にありがちなことである。

椎名はだんだん彼が好ましくなってきた。よく考えればこの四ヶ月、こうしてきちんと膝《ひざ》をつきあわせて話をしたことはあまりなかった。面倒なヤツだという苦手意識が先に立ち、まともに相手をしてやっていなかったのだ。安西もまた、この上司になにを言ったところで無駄だと思っていたかもしれない。

「たとえばですね」なにやら思いついたらしい。安西はふたたび口を開いた。泳いでいた目も落ち着きだしている。「我が社の一押しの食材をつかった新メニューを奨《すす》めてみるとか」

「やってるよ」

「え？　そうなんですか」

「生駒屋の主人が今日、うちに発注した食材があったろ」

「ダチョウの肉ですね」

「そうだ。一押しってわけじゃないが、去年の末から扱っている商品でさ。正直、どう売り込んでいいか、おれにもよくわからなかったの。紹介しただけで、ぜひつかいましょうなんて奇特なとこは皆無なわけよ。だからおれ、ネットでレシピを探してさ。これが意外とたくさんあってな。自分で何種類か料理して、タッパー入れて、得意先をまわって食べてもらったんだ。それでどうにか何軒か、扱ってもらうことになってな。生駒屋の主人のところへは、三ヶ月以上前にいったかな。ようやく試しに店でだしてみようと思うって言ってくれたのさ」

それをおまえはパーにしかねなかったんだぞ。

そこまで椎名は言わなかった。安西がそのことに気づいたのが、わかったからだ。さきほどまでの自信に満ちた顔が見る見るうちに色褪《いろあ》せていった。なんだか気の毒に思うほどだ。

「とにかくおまえ、ひとと打ちあわせしているときに、iPhoneとかいじるのやめとけ。な?」

「あ、はい」

「それとよ。今度、うちで香川県産のワインを扱うことになったのな。来週、社内で試飲があって、その売り込み方についての会議があるんだ。なんか、いいアイデア、考えてくれよ」

「ぼくがですか?」

「そうだよ。おまえ、そういうの、得意そうじゃん」

「それはまあ」

安西の表情がぱっと明るくなった。どうやら自信を取り戻したらしい。単純な男だ。空自信でも自信は自信。ここはひとつ、よしとしておこう。

「任せてください。とびきり素敵なアイデアを考えてきますから」

「よろしく頼むぞ。じゃ、いこっか」

「課長のほうはいいんですか」

「ん？　なにが」

「ぼくに言いたいことがあるって」

「ああ」椎名はテーブルにあった紙ナプキンを手にとり、安西にさしだした。「口のまわり、拭《ふ》けよ。ケチャップで真っ赤だぞ」

店をでてからすぐ、椎名はケータイを開いた。やはり由比子からのメールだ。一日二回なんて快挙である。本文も書いてあった。しかしそれは由比子が書いたものではなかった。

『かあさんの写真おくるね。とうさんの写真もおくってよ。元気かどうかたしかめたいんだ』

天馬だ。添付してある写真を開くと、フロントに立つ由比子が恥ずかしそうに微笑《ほほえ》んでいた。

「おい」さきをいく安西を椎名は呼び止めた。

「はい？」

「これで、おれ、撮ってくれ」

そう言い、安西に自分のケータイを渡した。

「撮るって写真をですか」

「決まってるだろ。早くしろって」

調布駅の真ん前だ。人通りが多くなってきていた。安西はいやに神妙な顔つきでケータイをかまえる。

「あご、引いてください。あ、引き過ぎです。ああ、そのくらい」

「いいから早く撮れよ」

ぱしゃり。

ひとは皆、成長する。部下も子供もだ。

おれも成長しなくっちゃ。追いつかれ、追い抜かれてばかりいちゃ情けないもんな。

解説

夏川草介

目に見えるような前進があるわけではない。

だが、確かに何か、新しい出来事が始まりそうな予感がする。

そんな心地よい読後感を残してくれる物語に出会った。

『渋谷に里帰り』というこの作品は、東京というすさまじい勢いで変化していく町を舞台に、仕事や思い出を通してつながっている人々の、それぞれの真摯《しんし》な生き方が、まことに丁寧に描き出された作品である。

私は渋谷という町を知らない。生まれてこの方ただの一度も足を踏み入れたことがない。にも拘《かか》わらず、ここに描かれた風景を「知っている」。この不思議な感覚は、しかし私個人のものではなく、多くの読者が共有するものだろう。そして「知っている」と感じたとき、我々はすでに物語の内側にいるのである。

『渋谷に里帰り』は、なにより主人公が印象深い。

三十二歳、独身、国立大学卒の学歴はあるが、職場の成績は至って目立たず、おまけに自信も積極性もない性格は歯がゆいことこの上ない。上司からの問いには「はあ」と答え、時間があれば職場の屋上でタバコを吸い、生まれ育った渋谷の街にはトラウマがあって、今は近づけない。

どう解釈しても冴《さ》えないとしか言いようのないこの主人公、峰崎稔《みねざきみのる》が、しかし確かな存在感を持って、東京の風景の中に屹立《きつりつ》している。

彼には将来に対する輝かしい夢も、燃えるような野心もない。与えられた仕事を淡々とこなして、時々これでいいのかとふと立ち止まるような人間である。上司からは喜怒哀楽に乏しいと言われ、仕事帰りに買ってきたケーキを職場でひとりで食べようとしたり、先輩の寿《ことぶき》退社で多くの仕事が回ってきても、チャンスとは捉《とら》えず不安ばかりを感じてしまう。

そんな彼の姿に我々が不思議なほど惹《ひ》きつけられるのは、そこに確かなリアリティがあるからではないだろうか。

最近の若者は元気がない。

大きな夢を持とうとしない。

何がしたいのかさっぱりわからない。

そんな型にはまった論評が、見事に当てはまりそうな人間が、峰崎稔である。

だがかかる年配者たちの大声は、今を生きる我々二十代、三十代の人間にとっては、何一つ響くものがない。なぜなら、現代という世界が、大きな夢を描くことや、やりたいことだけに夢中になっていることを許さないほど、厳しく苛烈《かれつ》な競争社会を形成しているからだ。一度踏み外したら二度とは戻れないほど過酷な社会の中では、とにかく地味でも確実な一歩を進めていくしかないということを、我々自身が肌で感じて知っているからである。

しかしそれは、生きることに真摯でないということではけしてない。誰もがその厳しい制約の中で、自身のできることを懸命に模索し、不安と向き合い、思考し、前進している。それはおそらく、前述のような紋切型の論評を振り回す年配者たちの耳には届かない静かな、しかし力強い現代人の鼓動なのである。

山本氏は、老練の内科医が古びた聴診器をそっと胸に当てるようなさりげなさで、このかすかな鼓動を聞き取り、拾い上げている。のみならず、拾い上げた鼓動をユーモアと優しさで包んで、我々に送り返してくれる。だからこそ、誰もがこの物語に触れたとき、どこか「知っている」と感じることができるのである。

この物語ではドラマティックな大事件は起きない。一発逆転のホームランも、起死回生の大プロジェクトも存在しない。そしてそんなものがこれから先も存在しないことを、峰崎も無意識のうちに理解している。ただそんな主人公が、職場のささやかな変化の中で、小さな気づきを積み重ね、少しだけ生き方や視線を変えていくとき、彼の見つめる風景が、我々の知っている風景と静かに重なってくるのである。

山本氏はこのリアリティを、時にはファンタジックな筆致で染め、個性あふれる登場人物たちで彩《いろど》りながらも、けして見失わない。主人公が、汗を流して渋谷の街を歩き回るうち、いつのまにか渋谷は我々の育った町になる。峰崎のまことに遅々とした変化に、ほとんど気付かぬ間にエールを送るようになる。やがてそこに、ゆるぎない共感が生まれたとき、自然と峰崎の声と我々の声とが重なるのだ。

「負けるものか」と。

その言葉は、渋谷の街を歩く三十二歳に送るとともに、読者それぞれが自分自身に向ける声である。

峰崎も我々も大声でそれを叫んだりはしない。ただ少しばかり交差点を渡る足を速めるだけである。

「大声で叫べばいいじゃないか」という老人たちの声は、我々の耳には届かない。我々には我々の歩き方というものがある。

哲学というほどのものではない。美学というには気恥ずかしい。だが、たしかにこの物語には、今を生きる人間の真摯な足取りが刻まれているのである。

先にも述べたが、私は生まれてから一度も、渋谷という町には行ったことがない。東京には足を踏み入れたことはあるものの、どうしてもあの人ごみが苦手で心が休まらない。二、三日も滞在していれば、たちまち激走する汽車に轢《ひ》き殺されそうな心地がしてくる。慌《あわ》てて自宅のある信州に戻ってくると、とりあえずほっとする性格である。ゆえに、本書の解説を依頼されたときは、これほど不適切な依頼もないのではないかと思っていた。

だが、これは杞憂《きゆう》であったと言わざるを得ない。

山本氏が描いたのは、汽車に轢き殺されそうな町の風景ではない。汽車に轢き殺されそうな町でも、確実な一歩を進めていく人間たちの姿である。かかる風景であれば、私もよく知っている。いや、私自身もまたこの風景の登場人物のひとりであると思えてくる。そして懸命に生きる多くの人々が、これと同じ感慨を持つに違いない。

目に見えるような前進があるわけではない。

だが、確かに何か、新しい出来事が始まりそうな予感がする。

この温かな読後感は、我々の次の一歩をそっと後押ししてくれるはずである。

――負けるものか。

そんな安易にすら思える言葉が、静かに心に染《し》み入ってくる。

ゆえにもう一度唱えてみる。

「負けるものか」

実にいい言葉だ。

（二〇一一年五月、内科医　作家）

この作品は平成十九年十月ＮＨＫ出版より刊行された。
文庫化にあたり、書き下ろし短編『女房が里帰り』を収録した。

渋《しぶ》谷《や》に里《さと》帰《がえ》り

新潮文庫　や－65－1

平成二十三年七月一日発行
平成二十三年七月十五日二刷

著者　山《やま》本《もと》幸《ゆき》久《ひさ》

発行者　佐藤隆信
発行所　株式会社新潮社
郵便番号　一六二―八七一一
東京都新宿区矢来町七一
電話　編集部（〇三）三二六六―五四四〇
　　　読者係（〇三）三二六六―五一一一
http://www.shinchosha.co.jp
価格はカバーに表示してあります。

印刷・二光印刷株式会社　製本・憲専堂製本株式会社

ISBN978-4-10-135881-9 C0193